中国と日本に生きた高遠家の人びと

戦争に翻弄されながらも懸命に生きた家族の物語

八木哲郎 著

日本地域社会研究所

コミュニティ・ブックス

中国と日本に生きた高遠家の人びと

戦争に翻弄されながらも懸命に生きた家族の物語

もくじ

高遠家人物相関図　7

I　つかの間の戦前昭和　9

新しい世田谷の家　9
婿たち　13
幹夫　17
士官学校　22
時造　25

もくじ

二人の女中　29
時造夫妻の災難　30
にぎやかな日曜日　33
二人の間借り人　36
昭和五年の正月　49
治安維持法　56
市川正一に対する訊問　61
石原莞爾の思想　68
虫が絹をつくる　74
青年たち　79
時造の青春　93
樽本忠太郎の講演　98
キクの青春　106
高尾山　110
送別会　115

Ⅱ　天津　122
中原公司　122
天津金満家八大家　130
時造、水を得た魚　136
共産党三・一五事件予審終結　139
満州事変起こる　141
陳クンのあわただしい帰国　145
リットン報告書　151
治安維持法による判決　153
天津支店穀肥掛　154
キクと民雄　156
中国　一二・九運動　163
自費で南京行　166
陳クンら八路軍に参加　168

Ⅲ　戦前の終わりの年　184

船による別離は詩情をかきたてる　184
時造のゴルフ　194
日中戦争始まる　197
幹夫の出征　209
戦時経済は物が減る　219
八路軍の待ち伏せ攻撃　222
陳海棠科長　227
つまづきの昭和十四年　233
雨も降らないのに水害　236
ノモンハン事件で幹夫重傷　241
平衡倉庫　245
関東断食寮　258
北戴河の子ども会　265
大旱魃　274

陳クンたちのなりゆき　277
大衆が判断を下す　281

Ⅳ　昭和十八年以降のこと　284

節子、最後の里帰り　284
初夏の縁先で　295
陳クンとの再会　300
陳クンを囲んで高遠家のパーティ　303
正夫の本の着想　307

あとがき　312

高遠家人物相関図

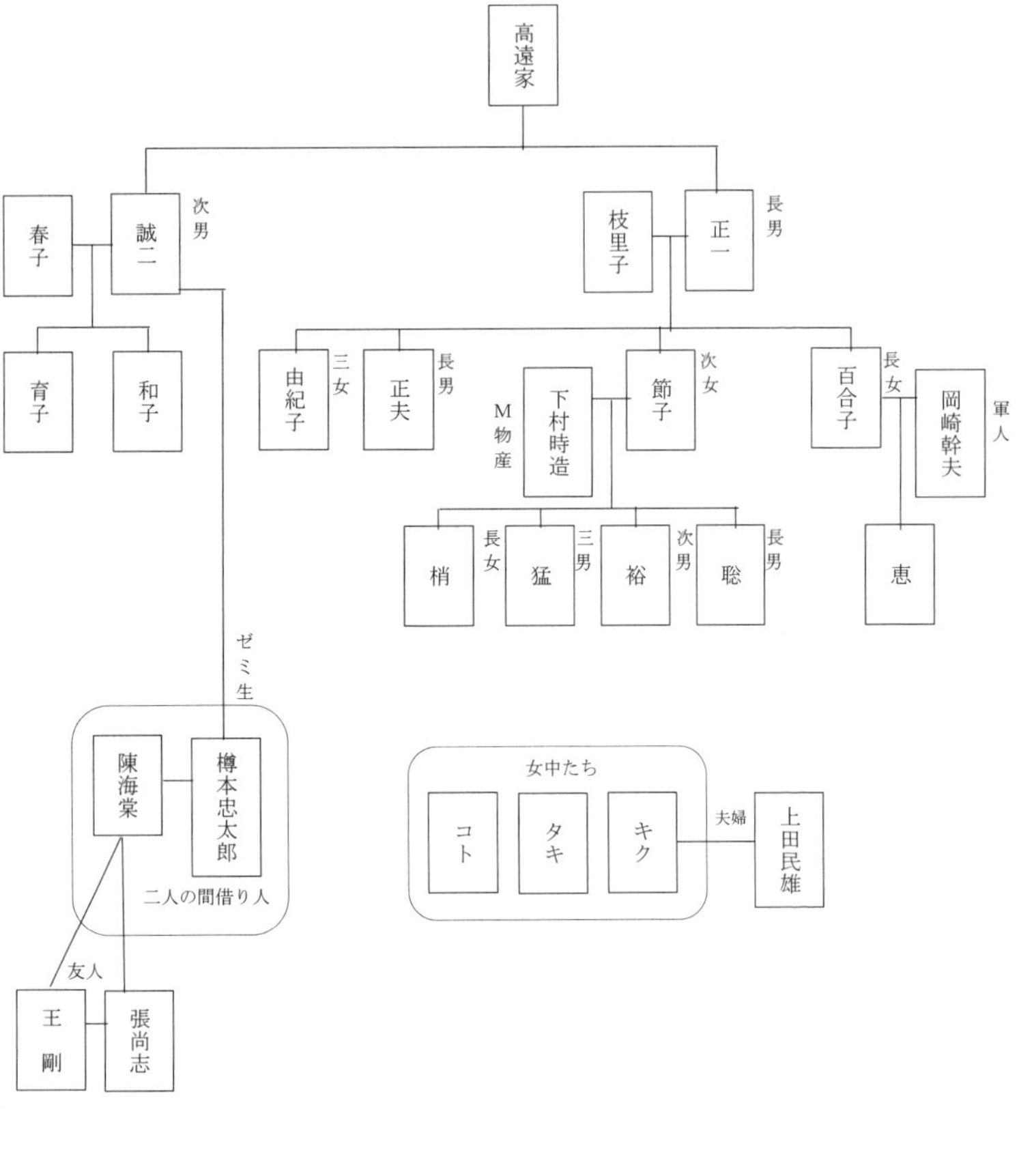

※この小説は、高遠家の物語と併行して、中国での話も綴っていきます。そのため、舞台が日本と中国を行ったり来たりいたします。そのあたりも楽しんで読んでいただけると幸いです。

この物語は昭和三年から二十一年にかけての日本、中国の時代の推移を克明に描写し、高遠家に下宿していた留学生が八路軍に参加した状況もあわせ描くものである。

Ⅰ　つかの間の戦前昭和

新しい世田谷の家

高遠正一は明治十一年、熊本県阿蘇高森で生まれ、何もない山村の神官の家に育った。頭脳がよかったので幼時から神童と言われ、後に熊本市の濟々黌《せいせいこう》に入り、第五高等学校を経て東大法学部に入った。

在学中に司法試験に合格し、卒業して東京地方裁判所判事補からスタート。判事になって東京高裁、家裁を経て、水戸、前橋、宇都宮、甲府などの地方裁判所で首席裁判官を務めるなど、めまぐるしい経歴を経た後、古巣の東京地裁の判事にもどったのは大正十二年の関東大震災の翌年だった。

家庭は、日露戦争の始まる前年に大分県別府市の行政職の長女、下妻枝里子をもらい、三女一男をもうけたが、育ったのは明治三十七年生まれの百合子、四十年生まれの節子、四十四年生まれの正夫で、四十二年生まれの三女由紀子は十四歳で早逝した。

転勤が多かったため、子どもたちは二、三年ごとに転校し、友達という者ができるまでにいたらなかった。

正一は神官の家庭できびしく教育されたためか、人一倍、倫理観あるいは正義感が強く、弱い者や貧しい者に対する同情心が篤かった。子どもの頃、同級の弱い者がいじめられると、敢然とたっていじめっ子と対決するなど喧嘩沙汰をよく起こし、同級生たちから敬愛された。

法曹界に入るとまっすぐに裁判官を目指し、世の中の悪を裁こうと志した。

一般の世の中では、悪いことを行なうような奴は罰してしかるべしというのが常識で、裁判官もそれに漏れないが、正一は裁判官はそういう素朴な正義感に支配されるべきではないという観点をもつようになった。

ただでさえ、容疑者に対する取調べがきつ過ぎて、取調べ室で怒鳴ったり殴ったりするのを見ていると、それは宜しからぬと思うようになった。それで証拠や証人の調査を徹底し、冤罪がでないように注意した。

検事とは安易に妥協せず、陪席判事と議論を尽くし、微動もしない心証をつくりあげないかぎり判決文は書かないというやりかたを通した。そういう裁判官は稀少品種で、次第に注目され、三十年近くの間に彼があげた無罪判決は二十件以上に及び、新たにつくりだした判例は十一例に及ぶという実績を挙げた。

二審、三審になっても高遠の原審がひっくり返るということはほとんどなかったので、名裁判官の誉れが高く、正一が東京地裁にもどってきたのは、東京高裁長官の席が用意されているからだという観測が誰の目にもなされた。

正一はなんといっても東大生時代から住み慣れた東京にもどれたのがうれしく、できれば死ぬまでこの都市にいたいと思った。それで、震災まで住んでいた下町の官舎が焼けたのを機に、東京の郊外に家を新築することに決めた。

昭和初年、公務員の間で都心から私鉄沿線に引っ越すことが流行していた。人気があるのは荏原郡の世田ヶ谷村だった。正一は田舎の財産を相続したのを機に、金をかけても気に入った家をつくろうと思い立った。妻の枝里子と嫁入りした二人の娘と末っ子の大学生の長男も、世田ヶ谷と聞くと、ワアと声をあげた。

それからというもの、毎日がなんと楽しかったことだろう。枝里子は代官山の官舎から電話で長女の百合子と次女の節子を呼び出しては、小田急線や京王線などの私鉄沿線を見てあるいた。

正一の弟の誠二は小田急線の豪徳寺駅下から出る玉電の宮ノ坂に住んでいたので、文句なく、このあたりがいいぞと兄に勧めた。枝里子が交通の便利な下北沢にこだわっているとき、誠二のなじみの不動産屋が赤堤町一丁目の二百坪ほどの借地に枝里子母娘を連れていくと、枝里子は、あっ、ここ、ここ、というふうに終の棲み家を発見してしまった。

ここだと豪徳寺の駅まで十分ほど歩いて新宿にすぐ出られる。豪徳寺駅下にある山下という玉電世田谷線の駅から乗って六所神社で降りれば、目と鼻の距離である。京王線の松原駅(昭和十年に「明大前」駅となる)も遠くない。

娘たちも、お母さんがいいのなら反対しないというので、自然にそこに決まった。地主の温厚な人柄も気に入った。面積も適当な広さである。枝里子はうれしくてたまらなくなり、子どもたちを集めて、新築の家はああしよう、こうしようと小娘のようにはしゃいだ。

「洋風がいいな」という正夫に対して女たちは、それはだめよ、和風でないと心が落ち着かないといい、正一はおれの書斎は絶対洋風でないとだめだといいだしたので、では、和洋折衷ですな、最近そういう家が流行しています、私が最高の設計

世田谷線「山下駅」。小田急線の「豪徳寺駅」との乗換駅で世田谷線と立体交差となっている。現在、駅舎は改装されているが、立体交差の具合は今も同じ。＊写真提供：大勝庵 玉電と郷土の資料館 / 撮影年：昭和 44 年

をしてお目にかけます、と誠二が紹介した一級建築士が胸を張って言った。腕は信用できそうなので、おまかせすることになった。

婿たち

長女の百合子は岡崎幹夫という軍人に嫁いで、青山の官舎に住んでいた。恵という一人娘がいた。次女の節子は下村時造という商社マンに嫁いですぐ漢口に行ったのだが、昭和二年四月に租界回収事件が起きて、避難して帰ってきたばかりだった。

時造は日本橋のM物産本社に一時勤めになり、夫婦は乃木坂の貸家に住んでいた。節子はここで長男聡を産んだ。枝里子は、幼い孫たちの世話に週に一～二度、乃木坂と青山に行くのは大変だったので、同じ東京に住んでいるのに、バラバラに住んでいるのは会うのが大変じゃない、あんたたちも、世田谷の家ができたら、近くに越してきなさいよ、そうしたらどんなに楽しい親子水入らずの生活がたのしめるか、考えてごらんなさい、と強く勧めた。

娘たちも、世田谷の雰囲気になじんでしまい、そんな日がくるのを待ち望んだ。

昭和三年秋、地鎮祭が終わり、大工たちが仕事をはじめると、枝里子は三日に一度は見に行った。一部を洋式にするので、レンガなどの材料が大量に積まれていた。だんだんできていくのをみるたびに胸がはずんだ。

一年後に二百坪の土地に建った家はまことに瀟洒な和洋折衷の家で、界隈でも珍しがられる評判の家になった。

竣工した日、親戚の者たちがおおぜいやってきて、家じゅうをくまなく見てまわった。

建物は東西に長い矩形で、洋館の一階部分は広い玄関、応接間、正一の書斎で、高い階段を上がった二階に二間の部屋とベランダをつくった。

この洋式部分に接続して平屋の和式三間、十二畳の座敷、十畳の茶の間、八畳の夫婦の寝室、廊下を隔てて、風呂場、台所、納戸、女中部屋などが連なった。ベランダに上がると、六所神社の森の向こうに一面の緑の畑が見渡せた。その向こうに富士が聳え立って見えた。すごい、すごいと皆が言い合った。

ポンプ用の井戸も掘った。水質がよく、冷えた地下水がほとばしるように出た。

それでもまだ面積が残るので、母屋の北側に客用の離れをつくり、あまった西側の土地に書生が泊まれる二つの借間と物置をつくった。

正一は、最初から自分の書斎と応接間だけはあれこれと自説を主張した。

裁判官は書斎でじっくり書類や蔵書をよむ時間が必要である。だから頭脳を冷静に保つ静謐さが重要である。大げさに言えば世間と隔絶した環境にする。

一方、応接間は来客が頻繁にくるから洋間にソファを置き、じゅうたんを敷いてゆったりした広さにしなければならない。書斎と応接間は正一がもっともこだわった部分である。

書斎は天井にとどくまで書棚をつくりつけてぎっしりと辞書や和洋書、文献類を並べたかった。部屋は明るすぎるのは禁物で、窓は小さく開かせ、窓の向こうにバナナや棕櫚を植えて光を遮る。応接間も重厚感を出すためには同じような措置が必要である。

正一は庭師に植樹について綿密な造園を要求した。洋館の壁には蔦を這わせるよう庭師に指示した。正一の郷里はそれこそ阿蘇の山の中であったから、子ども時代は自然の中で走り回って育った。しかし裁判官になってからは都市暮らしが続いたので、今度は周辺に緑のある環境がやたらにほしかった。

正一は敷地全体を囲う植樹は、東側に桜、応接間を日陰にするための丈の高いアカシアとポプラを植えさせ、日陰の空間に陶製のテーブルと椅子を置いて、そこでコーヒーを楽しめるように考えた。書斎の窓辺には蘇鉄、バナナ、泰山木を植えて日光の直射を防ぎ、木漏れ日が射す程度がよいとした。

枝里子たちは、和風の部屋は南向きにして十分陽が入るようにするとともに、往来からは見えにくくする高めの生垣をめぐらし、客間や居間から芝生の庭を見渡せるようにした。中央辺りに山水をかたどった岩を置いてその前に小さな池をつくり、緋鯉を放ち、夏には噴水から芝生に散水できるようにした。裏手には孟宗竹、梅、栗、アカシアなどを植えた。

ぜいたくねえというのが娘たちの感想だったが、枝里子は一級の裁判官の家として周囲の邸宅にまけないようにつくりたかった。

若木を植えた庭師は、三年ほどたてば、すばらしくいいお庭になりますよと画用紙に描いた予想図をみせてくれた。

住み着いてひと月もすると、すっかり落ち着き、正一は周辺の散歩を楽しんだ。

家をでて数軒を越すと、トマトや茄子、ネギ、里芋などが植わった畑道になった。人糞の甘酸っぱいにおいも気にならなくなった。六所神社の森の高い梢にカラスが巣をつくっていた。その森をこえて玉電の駅があり、その向こうは広々とした農地だった。そのあたりをひとまわりして帰ってくるとちょうどいい散歩コースである。これ以外に宮ノ坂の豪徳寺は頃合いで、誠二の家に寄るのに都合がよい。

しかし、親しみやすいのは明大前駅までの散歩である。クロマツや小梅や八ツ手を植えた中産階級の上級レベルの家がずっと続いていて、駅が近づくにつれ家も小ぶりになり、寿司屋、本屋やコーヒー店などの商店街になる。こちらのコースはそういう店を利用するためである。

正一は下駄を履いてあるきながら考えるのがすきで、歩いているといろいろな思考が浮かぶ。

枝里子は庭の一画を花畑にしてダリアやバラなどを植えるのに夢中になった。

長女の百合子一家が歩いて十分ほどの位置に引っ越してきた。たまたま幹夫の士官学校時代の同僚が外国に出向になったので、せっかく建てた家が空いたという話を聞き、早速そこを借りることにしたのだ。スープが冷めない距離というほどには近くないが、歩いて十分もしない距離である。百合子はすっかり喜んだ。

次女の節子一家も玉電の下高井戸に借家を見つけて引っ越してきた。親子三家族が近くに住むのはまさに天から授かった幸せだった。「これで三家族水入らずね」と枝里子は幸運を胸に抱きしめるようにして言った。

末子の正夫は明治のおわりごろに生まれた東京大学文学部の学生だが、まだ人生の方向もきまらず、やたらにヴァガボンド気分で手当たり次第に哲学書や小説を読んだり、築地小劇場に入りびたっていた。

幹夫

長女の百合子は、正一が前橋の地方裁判所に勤務していた頃、女学校を卒業して、地元の小学校の教員になった。

彼女はクラシック音楽がすきで、ひまを見つけては前橋の有名な音楽喫茶に通っていた。その同じ店に前橋連隊付少尉であった岡崎幹夫も通っていて知り合い、恋仲になった。

岡崎は、百合子をぜひくださいと背広姿でおとずれ、座敷に正座した体を四十五度折り曲げて手をついて頼んだ。折り目正しい身のこなしや聡明そのものの風貌は、いかにも八王子の裕福な農家に育った生まれを感じさせた。

年齢は明治二十九年生まれの二十九歳、幼年学校、士官学校を出て、階級は大尉、金縁メガネをかけた顔立ちはどう見ても軍人には見えず、大学助教授風だった。ロシア語に長じ、専門は対ソ研究ですと言った。

正一は、一度君の書斎をおたずねしてソ連の事情を聴きたいといい、婿になる男がどんな人物かをさらに確かめたかった。

正一は幹夫の官舎をたずね、書斎を見せてもらった。

すると、うずたかくロシア語の原書や左翼の訳本が本棚に詰まっていた。幹夫はマルクスやレーニンの著作などを片端から読み込んでいた。正一は、彼が陸軍でかなりのソ連通で通っていることを確認した。

「こんなに赤い本ばかり読んでいたら朱にそまって赤くなってしまいませんか」と正一がからか

い気味にいうと、幹夫は、「僕がロシアを好きになったのはツルゲーネフとチエホフです。だからそんなことはありませんよ」とからからと笑って答えた。

本以外に、カメラや八ミリ映写機などのメカが好きで、郊外に行っては写して楽しんでいると言い、部屋に百合子と並んで映した写真がかざってあった。

正一は結婚を許し、式は前橋の神社であげ、前橋一と言われるホテルで披露宴をした。新郎側は軍服を着た大勢の軍人たちがあつまり、新婦側は裁判所職員で両方とも公務員だった。軍人たちは派手に酒を注ぎあって放歌高吟するなど、新聞記事に取り上げられるほどの盛会になった。

百合子は一年後に女児を産み、恵と名付けた。

岡崎幹夫は八王子の在の養蚕農家の家にうまれた。

岡崎家が一代で二町歩ほどの地所を構えるようになったのも、父の仲造が異常な働き者で、八王子という場所柄も養蚕農家にとって有利な場所だった。

仲造は強壮な肉体をもち、夜寝るとき以外は瞬時も身体を休めることがなく、疲れを知らない男といわれた。酒もあまり飲まず、道楽もせず、寡黙なまじめ一方の律義者だった。

春蚕の季節になり、蚕が桑を食いだしてからは京間四十二坪の二階家は戦場のような忙しさになる。妻の文枝は赤子を負いながら、台所で大家族の食事をつくり、井戸端で山のような洗濯物をこなした。幹夫の姉二人と弟と同年の従弟とは、いつもなら、裏の竹やぶでたけのこを採ったり、野山を走り回って遊ぶのだが、蚕が始まると、桑の葉もぎりで手がおかしくなるほどになった。桑の葉をいれた籠を頭にのせて運び、バサッと蚕にかぶせると、たちまち食いつくされて緑の葉と白い蚕が入れ替わる。

岡崎家は蚕ばかりでなく、米や畑もあるので、いつも手がたりず、未亡人になった母の妹のかなえが同居し、仲造の老父も健在だったから、一家はいつもわいわいとにぎやかで楽しかった。ところが、明治三十七年に日露戦争が始まると、仲造に召集令状が来て、お国の為に戦場に出征しなければならなくなった。晴天の霹靂とはまさにこのことだった。

一家の柱だった仲造がいなくなったら、この家はいったどうなるのだろうか。

しかしそんな一家の危惧をよそに、国家の命令で、仲造は黒い軍服にたすきをかけて、武運永久などと大書した幟や日の丸の旗をもった村人たちに万歳を叫ばれて送りだされていった。

入営二か月後に満洲沙河の会戦に参加した。この会戦で日本軍は砲弾の不足になやまされ、砲弾を使わずに夜襲で敵陣地を襲う決死隊が募集され、仲造は志願して参加した。

三人の勇士が爆薬をもって敵の陣地に突入して一挙に爆砕する計画だった。この作戦は見事に成功し、難攻不落だった敵陣地は木っ端みじんに粉砕され、歩兵が突っ込んで占領した。

突入した三人の中、仲造は巨漢のロシア兵にたちはだかれて格闘になり、これを短刀で倒す間に、他の二人が爆薬に点火した。爆裂が瞬時に起こったので二名の兵は逃げ出す間がなく、二人の肉は細切れの様になって飛び散ったが、ロシア兵と格闘していた仲造は爆風で地上にたたきつけられて意識を失った。救出されたとき右肩が骨折しただけで死をまぬかれ、遼陽兵站病院に送られた。

まさに幸運であったが、幸運とはいえなくなった。ロ兵と格闘したことを口実に炸薬点をさけていたのではないかと疑いの目で見られ、仲造は自分だけが生き残ったことにひどく悩むようになった。仲造の意識がおかしくなったのはそれ以来である。

自分は戦死をまぬかれようとした大罪人であると号泣し、誰彼となく謝り続けた。軍医に殺してくれと哀訴し、躁鬱の起伏がはなはだしく、躁状が高じると狂暴になって身近の物品を床に叩きつけたり、奇声をあげで院内を走り回ったりした。

「時トシテ沈静シ、時トシテ高声ヲ放チ、大笑ヲナス、多弁、語ルトコロハ支離滅裂、錯乱、運動ハナハダ興奮シテ挙動穏ヤカナラズ、診断ハ操狂」という状態であったので、除役になり、内地に送還されて陸軍の精神障害者収容所である千葉県の国府台陸軍病院に収容された。

幹夫は母につれられて千葉まで汽車で行き、そこから馬車にのって東金というところにある人里離れたその病院に行った。そのとき、父から母子に浴びせられた言葉は「お前たちはなにしに来たか」という罵声であった。

母は担当の軍医からくわしく病状を聞かされ、精神が安定するまで二年ほどここで療養することが必要だということを聞かされた。

それからというもの、母は毎週一回、八王子から半日をかけて病院を訪れ、夜半に帰ってくる生活を繰り返した。結果として仲造は二年半ほどで精神状態が安定してきたので、八王子のような環境なら徐々に回復するでしょうと言われて家族に引き取られた。

仲造は人が変わったようになり、以前のような働き者ではまったくなくなった。

一家がどんなに忙しくなろうと日がな一日、六畳の奥の間で寝ているか、酒を飲んでいるかであった。躁状態はなくなったが、寡黙になり、ときどきとんでもない意味不明の言葉を発した。ときどき下駄を履いて八王子の町に出かけていき、旧知の家を訪ねているようだった。

士官学校

幹夫は中学校を出ると、士官学校に行きたいと言い出した。

働き者だった仲造が突然無能の人になったので、長男である幹夫が親の後継ぎの柱になるというのが世間のならわしであったが、母文枝はあんたが行きたいならその道を歩みなさいと言い、家督は弟の信二に任せたらよいと言った。

仲造があんな状態になり、家の暮らしが傾いたのかというと、文枝と叔母のかなえが頑張り、きょうだいが力をあわせたので、蚕の飼育は春秋の二回にしたが、産量を増やしたことと、景気が良かったこともあってさほど困窮することはなかった。

当時は、高等小学校をでるとすぐ働くのがふつうであり、中学に進むのは一割に満たなかったが、幹夫は中学に進級し、四年目で士官学校応募の資格ができた。

幹夫が士官学校を志したのは、もう一段階、旧制高等学校レベルの教育を受けたいと願ったことと、士官学校は学費が不要の上、生活費まで賄ってくれたから、家計に負担を与えなくて済むことなども理由になったが、何と言っても父をダメにしたロシアに仇を返したいというのが直接の動機であった。

それとともに、当時の日本の青少年が誰でも思ったことを幹夫も思ったからである。

世界の地図をみると、日本という国は世界地図の真中辺の北側に長くぶらさがり、朝鮮、台湾も日本領土として赤く塗られてはいるが、北方のグリーン色のロシア、黄色のシナ、青色のアメリカなどに比べるとあまりにも小さい。イギリスに至っては世界のあらゆるところをピンク色で染めて英国領にしている。これは人類にとってあまりにも不公平であるから、相手が言うことを聞かないなら力づくでも奪い取って構わないのではないのかと幹夫は思うようになった。

日本の行く道は軍事力を強化し、土地や資源をふんだんにもっているロシアやシナから土地を奪い取る、その対象は満洲と蒙彊で十分である。そのためには軍人になるのが自分のすすむべき道である、というのがまず単純な十六歳の少年の考えたことであった。

二人の姉も、幹夫の言い出したことに賛成してくれた。十八才と二十歳になった姉は、蚕はあたしたちだけでやっていける、何にも心配はいらないから、男は自分の決めたことをどんどんやりなさいと言い、叔母は、あたしが父ちゃんと母ちゃんを助けるからいいよ、なんも心配することはないと言ってくれた。

幹夫が士官学校を受けると難なく合格通知がきて、東京市ヶ谷にある東京士官学校に入学が決まった。

予科はまだ軍事教育はなされず、旧制高等学校レベルの教養を教えられた。だが、選択した語学の必須時間は長く、幹夫は躊躇せずロシア語を選択した。

約二年の予科を出て一年十か月間の本科では軍事知識と兵技訓練を受け、幹夫は二十歳のときに、見習士官になった。予科の頃の幹夫が帰省してくると、ダブダブの軍服がいかにも小さな兵隊さんという感じだったが、本科に進むようになるとみるみる体格が大きくなり、かつての仲造を思わせるようになった。

見習士官になって軍刀を腰に下げ、母文枝に向かって肘をまっすぐ水平にして敬礼する姿を見て、文枝は涙がでる思いをした。

士官学校を卒業した幹夫は陸軍運輸部に配属されて通信学校で技術を習得し、その後、参謀本部に移ってからは、ハルビンに派遣されてロシア語に磨きをかけた。

サハリンの石油発掘事業を行なっていた民間会社の技術員に扮してサハリンの地形や軍備などをスパイする任務も行なった。幹夫が通信機器やカメラ、八ミリ映写機などのメカに詳しくなったのはこの頃である。

その後、大尉に昇進して前橋の部隊に配属されたとき、高遠百合子と恋愛して結ばれたことは前に述べた。

時造

一方、節子の相手の下村時造は、幹夫より一歳年下の明治三十年生まれ。がらりと変わったタイプの商社マンだった。

正一と同じ熊本の出身だが、昔から知っていたわけではなく、正一が東京の熊本県人会で碁の相手をして知り合った男だった。碁の腕前は大したことはなく、正一はいつも三目置かせていた。世辞などはうまくなく、負けると、いやあ、まいりました、などと大げさに頭をかき、なかなかの好漢だと思っていたが、まさか娘をやる相手になるとは夢にも思わなかった。

同じ熊本県でも正一は阿蘇地方の出身だが、時造の実家は熊本市の在、下益城郡の農家で、かなりの富農だったらしいが、父親が米相場に失敗して土地をうしなってからは、時造は念願の中学に進めなくなり、地元の商業学校を出て熊本市の質屋に毛の生えたようなちいさな銀行の執事で人生を送るしか望めなくなった。

ところが大正五年、たまたまM物産が第一期のシナ修業生の募集をはじめ、校長が推薦してくれたので、うけると、難なくそれに合格した。

シナ修業生とは商業学校出身者で、条件は終身中国圏の支店に勤務し、人事も昇進もその範囲内で行なわれるいわば二級の使用人である。しかし学資がいらないばかりか、会社から生活費や小遣いも支給される。

十八歳の時造はいさんで門司から海を渡り、北京書院で三年間、中国語のほか、中国事情、貿易実務などの基礎的な教育も受け、広東までの修学旅行を楽しんで卒業となった。

時造は東京の本社で貿易業務をしこまれた後、漢口支店勤務の辞令が下り、日本に輸出する石炭部の勘定係や輸入雑貨の仕事をいいつかった。

不調法で馬鹿まじめ、酒も女もやらず、やることはスポーツ以外になかった。熊商時代からやっていた野球はお手の物で、在留邦人チーム同士の試合で活躍するほか、テニスや馬術を覚え、ゴルフまで英国人に手ほどきをしてもらうとたちまち腕をあげた。

ではどうして、正一のような名流の裁判官が、次女を時造のような男に嫁にやったのか。

話を端寄っていうと、長女の百合子が軍人の嫁としての評判があまりにもよかったので、軍人仲間からあの人の妹をもらいたいという申し出が矢のようにきた。

その中で節子に一目ぼれした幹夫の上官の少佐がしつこいほど頼みにきた。彼は家柄がよく出世頭だったので、幹夫から中将級の上官の口利きが入ったらそれこそ断り切れなくなりますよ、と忠告されたので正一夫妻は慌てた。娘二人が軍人の嫁になったら、それこそ未亡人が二人できかねない。そこで夫妻が困って思案しているときに浮かんだのが時造だった。

たまたま時造は支店勤め八年目に賜休が出て帰国し、その間に嫁を貰って来いというのが会社のきまりだったが、熊本の娘はもらう気にならず、東京で正一と県人会で碁打ちをしている時に、ふとその話がでて、正一は、これは天が与えたチャンスかもしれないと直感した。

正一がこのことを言い出したとき、枝里子はそんなに簡単に右から左に決めていいのとなじったが、時造をよく知るM社の重役があの男はなかなかのやり手で小麦粉貿易の神様だと社内で言われていると太鼓判を捺したので、枝里子も顔色がゆるんだ。

上京してきた実兄の繁造に話を通すと、下村家は異存はありませんという返事がきた。こうしてバタバタという感じで時造と節子の結婚式を日枝神社で挙げることになった。

正夫が、お父さんの緊急避難はうまく成功だねとからかった。

しかし、枝里子は、娘を定年まで中国大陸ですごさねばならぬ男にやったことが本当によかったのかどうか、ずっと心の中で悩むことになった。特に節子は身体が丈夫とはいえず、気管支が弱かった。

時造は節子と結婚して三か月で漢口の任地にもどることになり、横浜から船で上海まで行き、そこから新婚旅行をかねて豪華船で揚子江を遊覧しながら漢口に向かっている間に、船上で大正が昭和に変わったニュースを聞いた。

漢口の日本租界に新居をかまえたが、なんと四か月後に排日暴動が起こり、軍艦に保護されて命からがら引き揚げてきた。

向こうの状況が落ち着くまで時造は一時東京勤務だという話を聞いて、枝里子はすっかりうれしくなった。節子が外地生活に慣れず、突然喘息を起こすようになったという便りが来たとき、枝里子は心臓が締め付けられるように感じて、夜も眠れなかった。

やはりあの結婚は早計だったのかもしれない。できることなら時造に外地勤務をやめてどんな会社でもいいから内地で働いてほしいとひそかに願っていた。

二人の女中

高遠家は客が多いので女中が二人必要になり、「いいとこのご家庭のための女中斡旋所」と名乗るところに相談すると殿村キクを紹介してきた。

キクの実家は富山の浜元であるから、口すぎというのでなく、嫁修行と月に二度くらい浅草の活動館に行かせていただくおひまを頂ければ給金はいりませんという変り種ですが、どうでしょうかという話だった。

枝里子は、気風の荒い漁師の娘をどう扱ったらよいか気になった。百合子は、そんな子を引き取るとかならずお荷物になるといって反対したが、節子がのってきて、面白いじゃないと言ったので、枝里子もつい決めてしまった。

給料は小遣い程度、月二度の浅草の活動館は了承という条件で、大きな信玄袋をかついだ十四歳のキクがまっくろに日焼けした顔、後ろに無造作に束ねた髪をなびかせて、浜風が吹きこんでくるようにやってきた。

両手をついて挨拶したが、ぎごちなく、早口の方言だから枝里子には何を言っているのかわからなかった。あれのしつけは相当無理ね、と枝里子は反省したが、月二度の日曜、活動をみたらかならずその活動館のビラを持ってくること、夕飯までに帰ること、などを約束させた。正一はどうせ漁師の嫁になるのだからいいさ、と面白がった。

もう一人の女中は、おとなしいほりたての大根のような十五歳の茨城の富農の娘タキだった。当時は女性の職場がなかったので、都会に出たがっている田舎の女性は相手が良家なら喜んで女中になりたがったのである。

時造夫妻の災難

節子は時造を会社におくりだすと、毎日のようにねんねこバンテンで聡をおぶってやってきては、孫を枝里子におしつけて座敷にねころんでピーナツをつまみながら江戸川乱歩の探偵小説を読みふけった。

すっかり軍人の妻風になった百合子は妹のだらしない姿をみて、「あんた、太ったね。ごろごろ寝てばかりいて、若い娘が見苦しいったらありゃしないよ」と叱ったが、枝里子は、この子はシナでずいぶんこわい思いをしたのだからそっとしておやりと節子をかばった。

節子にとってはいきなり中国に来てとまどうことばかり多かった。

定年まで中国圏で働かねばならない男と結ばれたのは運命的な出会いだった。しかし時造は自分にとって申し分のないよい夫で、此の男のためなら自分はどんな苦労をしてもかまわない、と思うようになった。

新しい生活環境は驚くことばかりだった。

たとえば、牛肉でも豚肉でも内地の店では赤い切身にしたものを売っているから肉とはそういうものだと思っていたが、初めて肉屋に行ったときに仰天してしまった。頭のついた豚の死骸が天井からカギでぶらさがっていて、肉屋は客から部位と目方を聞いてひょいひょいと切りとって売るわけだが、節子はそれを見てからしばらく肉が食べられなくなった。

空気がすごく乾燥していて埃が舞っているのが眼に見えるほどで、吸い込むと息が詰まりそうになり、痰を小やみなく吐くようになった。少し歩いても息が切れて胸がぜいぜいした。

しかし、市街を出て時造とテニスクラブに行ったり、馬術クラブで乗馬を楽しむときにはそのようなことは起こらない。かなり過激な運動をしても幸せな瞬間には喘息は引っ込んでいる。おかしな病気だと自分でも思っていた。

だが、漢口での恐怖感は別だ。日曜日の午後、表が騒がしいので、窓を開けてみると、玄関先におおぜいの青いチーパオを着た学生や粗末な灰色の服を着た労働者たちがそれぞれ棒を持って門を開けろ、開けろと騒いでいた。

アマが飛び込んできて、暴徒が入り込んできますから、すぐ私らの地下室の部屋にかくれてくださいと言ったので、時造と節子は、着の身着のまま、地下室のアマの部屋の衣装戸棚の中に隠れた。息をころしていると、暴徒が地下室までやってきて、日本人はどこにいるかと聞き、アマが彼らは逃げた、と答えているのが聞こえた。

夫妻の家の一階と二階で略奪が始まり、暴徒がどんどん家具や荷物を運び出している音が聞こえてきた。

アマが、彼らは運び出すのに夢中になっていますから、このすきに裏から逃げなさいと言い、二人は表に飛び出し、夢中で駆け出した。和服の節子はいつのまに片方の草履が飛んでしまい、足袋はだしのままで走った。時造も半ズボン姿のままだった。

子どもたちにみつけられ、彼らが何かを叫びながら石をなげてきた。節子はくるしさで胸があえぐようになり、道ばたに座り込んで、もうだめ、あなた先に行って、と言ったが、時造は彼女をおぶって急いだ。ずっと向こうに海軍旗が見えたのでうれしくなった。

やっと陸戦隊のいるところにたどりつくと、節子は抱き留めた水兵の胸の中で気絶してしまい、倉庫のなかに寝かされた。

この事件は、日本の水兵たちが人力車をただ乗りしたので車夫が怒ってつかみ合いになり、水兵が車夫をなぐったために起きた。中国人たちがみるみる集まってきて大群衆になったので、水兵六人は付近の日本料理店に逃げ込んだが、中国人たちは店に闖入して水兵と日本人客四人を総工会の倉庫に監禁した。

その後、大群衆は暴徒化して日本人の商店と住宅を襲い、略奪をはじめた。日本の駆逐艦から約二百名の陸戦隊が上陸して邦人の保護にあたった。

波止場の倉庫に集まった邦人たちは、駆逐艦と商船にのせられて上海まで送られ、そこで一時保護され、帰国させられることになった。避難民に混じっていたおおぜいの芸妓達のピカイチの玉でも節子のほうが品がよいと言われて、時造はすこし気分がよくなった。

節子の喘息が、中国での生活環境で起こったのなら、気の毒な結婚をさせたのではないかというせめぎを枝里子は感じていたので、つい節子には甘くなっていた。

にぎやかな日曜日

日曜日になると、高遠家はにわかににぎやかになる。百合子夫婦がやってきて応接間の電蓄でクラシック音楽を聴くのが習慣だった。幹夫は最近はジャズにも興味をのばし、いつも新譜を買ってきて聴いた。電蓄の針も竹針に換え、このほうが音にまるみがでるといって喜んでいた。

恵はおとなしい子で、枝里子の部屋で絵本をよんでいた。

節子夫妻もやってきて、時造は正一と碁盤を囲むか、座敷で一人碁を始めた。

時造は独り言を言うのがくせで、そのうちに近くに人がいるのを忘れてしまうらしく、棋譜を見ながら「あ、こうやるのか」「なるほどな」「ハハーン、こうか」などと大きな声でひとりごちるのが隣の居間まで聞こえてきた。

なんともユーモラスで、枝里子と百合子はクスクス笑った。節子はさも面白そうに自分の旦那をこきおろした。

「自分ではあんな大きな声を出しているのがわからないの。日本にかえってきて碁をおぼえてからよ。あたしの友だちがあそびに来たとき、隣の部屋に追いやったの。そしたらそのうちにあれが聞こえてくるじゃないの。友だちがおどろいちゃって。ふすまを開けて、お客さんなのよ、といったら、アッ、すんまへん、知らんとった、わるい、わるい、なんて。あれでも会社では能吏なんだって。会社から電話がかかってくると、直立不動で『ヘイ　ヘイ』なんていうのよ。丁稚みたい。あれ、会社の社風なんだって」

枝里子は婿たちの性格の相違に親しみを感じて、二人とも好きになった。

時造は無口で、余計なしゃべりはしない。何か聞かれたときだけ答える。枝里子は、この人は口重というより世間の瑣事にはてんから興味をもたない人ではないかと思った。節子はそうなのよ、と言い、家庭のことには完全無関心、唯我独尊。だから夫の性格を三無、無口、無計画、無鉄砲といっているが、枝里子は夫の正一とくらべてみても、九州の男の共通項ではないかと思った。

一方、百合子の夫の幹夫は折目正しく、細かいことにもよく気が付く。軍人とは思えないほどである。いつも周囲に気をつかって自分から会話をしてくる。その分こちらも気をつかう。関東と熊本のちがい？　そうともいえないなあ、と枝里子は思った。

昼になると、寿司か蕎麦をとった。寿司は明大前の店から大きな寿司桶に見事にならべたものが届く。蕎麦は近くの店から自転車で片手に十いくつもせいろを重ねてはこんでくる。砂利石の道でこけないのか不思議だが、一種の名人芸である。

蕎麦組も寿司には手をだすから、寿司はあっという間になくなる。ワサビがきいているというのが人気である。だが子どもたちには、ワサビ

昭和36年頃の世田谷区赤堤。蕎麦屋の出前が器用に自転車をこいでいる。電柱の横にたつのは火の見櫓。昔はこうした櫓が各地にあり、火事や災害時に半鐘やサイレンなどで知らせた。
＊世田谷区立郷土資料館 所蔵

を塗った部分をそぎとってたべさせた。

女たちは居間に集まっておしゃべりをした。

到来物が押入れに山とつんであるから、虎屋の羊羹とか長崎屋のカステラをいただきながら、つきることのないおしゃべりを楽しむ。枝里子はこういう日曜日がこれからも永遠に続くことを願っていた。

二人の間借り人

家が建ってひと月ほどして間借り人が前後して引っ越してきた。

一人は樽本忠太郎という東大独文科の学生で、正夫の読書会の仲間である。幹夫の依頼

撮影されたのは昭和33年。戦後13年経っても世田谷あたりはまだ未舗装で砂利石の道だった。蕎麦屋の出前の描写（P35）は著者表現のとおり、まさに〈一種の名人芸〉。撮影場所：身延山関東別院玉川寺へ向かう道。

で正夫が連れてきた。

幹夫の依頼というのはドイツ語の翻訳がスピーディにできる者が身近に欲しいというのだった。彼は宮ノ坂にすんでいる正一の弟の誠二のゼミの学生でもあった。

樽本はリヤカーに独身者がもつ最低量の衣服類やふとん、本などを積んで、コンニチワという感じでやってきた。のっぽですこし前かがみだった。

「僕、タルモトチュウタロウといいます」

とペコリと頭を下げて言う態度に女たちは親しみを感じた。

「まるで時代劇の主人公みたいなお名前ね」

枝里子は口を押えて言った。

「酒屋さんかなんかやっておられるおうちなの」と百合子が聞いた。

「すみません。誤解をあたえたようですけど、別に実家はお酒の醸造なんかやってません。僕の専攻はドイツ文学のゲーテです」

「エーッ」と女たちはおどろいて忠太郎の顔をまじまじと見た。

「困ったな、ゲーテの専攻っておかしいですか」

「ゲーテっていう顔じゃあないからな」

と正夫が言ったので、皆がどっと笑った。

「僕、ここでカンヅメになって翻訳やることになります。岡崎さんから言われているんです」

「ゲーテの」

「ちがいます。いまやっているのはゾンバルトです」

「ゾンバルト？」

「ああ、わかった、誠二おじさんにおしつけられてる」と正夫が言った。

「僕は、ときどきはお庭の掃除だってしてます。便所の汲み取りだってしてしますよ」

「いいのよ、そんなことしなくても」

キクがさっきから身をよじらせて笑いをこらえている。

「なんだい、キク、なんかおかしいことでもあるんか」

「だって、この前みた活動の悪代官の子分そっくり……」

「コラッ」と正夫が手をあげたので、キクは逃げ出した。

枝里子は早速、部屋の掃除をキクに命じた。

樽本は貸間の四畳半にぎっしりと原書類のつまったミカン箱を正夫と二人で運びこんだ。

樽本はいい部屋を与えられたといって恐縮した。こんないい邸の一角にすむなんて急にブルジョワになった気分です、とうれしがった。

樽本が来てからひとつきほどして、もう一人の借主、陳海棠が正夫に連れられてやってきた。

「やはり東大での勉強会の仲間なんだが、本郷の下宿だと個室ではないからおちついて卒論が書けない。どこかいい部屋はないかって頼まれたとき、そうか。うちは貸間もやっているんだって思いだして連れてきた」

正一は陳が南開大学の留学生だと聞いて、応接間で会うことにした。

なんで正一が南開大学の学生だと聞いて陳に興味をもったのかは、大正の末年、正一が天津の南開大学に招かれて講演したことがあったからだ。

南開大学は中国で一、二をあらそう私立の名門校で、日本でいえば早稲田か慶應である。

正一がこの大学によばれた理由は、正一が冤罪を出さない名裁判官として国際的にも名が知られるようになっていたので、中国の法曹学会で講演をしたとき、張伯苓学長が感心して早速全校生に正一の思想を講演してほしいと頼んだからだった。

正一は、容疑者にされた者の大半は、悪者はこらしめねばならんという世の中のいわゆる正義感というか、安全を求める常識によって、取り調べがきつくなり、懲罰がなされることが正当であるという世間の気風に裁判官も染まっている。この結果、冤罪者の数は想像以上に多くなっている。裁判官たるもの、冤罪者をいかに出さないかということを第一のつとめにしなければ正義を全うできない、というような話をして、講堂をうめつくした学生から万雷の拍手を受けた。

最前列に座っていた張学長は正一の話に感じいって、「あなたは世界にもめったにおられない賢哲の裁判官です」とほめちぎった。

正一は日本でこれほどほめられたことはなかったので、すっかりうれしくなった。

張伯苓学長は、李鴻章がつくった天津北洋水師学堂を出て水兵になり、日清戦争に参加したが、乗った水雷艇が撃沈され、どうして自国はかくも弱国なのかに絶望した。

ある日、突然悟るところがあった。「我が国には五病というものがありましてな、それは、愚、弱、貧、散、私、です。散というのは砂の様に団結心がないことです。それでこの五病から直さねば我が国は永久に奴隷国に甘んじなければならないと感じまして、海軍をやめて教育に人生をかけることにしました」と転身し、恩師の厳範孫氏と天津に南開中学を設立した。

張学長は東北の地理をくわしく調査した関係で、張学良と親しくなり、張から寄付を受け、その後、東北派とみられるようになった。

正一が見学したとき、南開中学正門の入口には大きな鏡があり、登校する学生はそこに写っている自分の姿をかならず見るようになっていた。脇に黒い太字で大きく文字が書かれていた。

面必浄、髪必理、衣必整、紐必結、頭容正、肩容平、胸容寛、背容直。

顔は洗ってあるか、髪はきちんと分けてあるか、衣服を整えているか、紐はきちんと結んでいるか、頭は正しく、肩は水平に、胸は広く、背はまっすぐになっているか、まず身だしなみを正せというのが校則になっている。

「うちでは、生活習慣が不良、欲望に流される、飲酒、賭博、女買い、早婚の学生は即刻退学です。南市やフランス租界などで遊んでいる学生なんかいませんよ」

と校長はからからと笑って言った。

「うちは正課目の教育とおなじくらい課外教育に力を入れています」

世界地理の授業をみせてもらったが、感心したのは、テキストは全部英文の原本からガリ刷りしたものである。これなら英語の勉強にもなろう。理科教室では化学実験の試験管やフラスコなどの実験器具や顕微鏡、バーナーなどがそろっており、科学技術に力を入れていることがわかった。

運動場では生徒たちがたくさんでていて、その活気たるやなかった。

競争、走り幅跳び、鉄棒、バスケットボールなどさかんに声をはりあげ、まるでお祭りのように騒がしかった。

講堂では演劇部が劇の練習をしていた。学生に曹禺というペンネームで後に有名になった人がいて、その人の作品だというが、男女の俳優が講堂に響き渡るような声でセリフを読んでいた。要するに学校全体がエネルギーで爆発しているといった感じだった。

正一は一日だけの見学で、このような校風をつくりだした張学長は本物の教育者だと感じ入った。

　この記憶があったので、正一が陳をみたとき、あ、これは南開の生徒だなとすぐ理解し、借間のほうは文句なく承諾した。

　枝里子がコーヒーを淹れてやると陳は、両手でカップを持ちながらおいしそうに飲み、流暢な日本語で話した。

「日本語、なかなかお上手ですわね」

「東大で二年も政治経済史を聴講しましたので、なんとか話せるようになりました」

「お名前はチン・カイドウとよむのね」

「中国語ではティン・ハイ・タンとよみます」

「男なのに海棠ってすてきじゃない。お母様がおつけになったの」

「さあ、それはよくわかりませんが、一族に棠の字のつく人が多いんです」

　枝里子はすっかりこの青年が気に入った。

「どうして日本にきたの」

「僕は康有為が日本に亡命してきたので、康有為を亡命させてくれた日本はすばらしい国だと思いました」

　枝里子も節子もコウユウイと言われてもわからなかった。正夫が解説した。

「姉さんだって女学校の歴史でならったはずだよ。有名な戊戌の政変のとき、その運動を指導したのが康有為だ。クーデターが失敗して日本に亡命してきた」

「へえ、知らなかった。あんたっていろいろなことを知っているのね」

「姉さんが知らなすぎるんだよ」

正一がかつて南開中学で講演した話をすると、陳はすっかりおどろいた様子だった。

「へえー、先生が張校長をご存じだとはしりませんでした」

陳は四、五日後に荷物を円タクに積んでやってきた。貸間に身を落ち着けると、本郷とちがってまわりの環境がすばらしいと喜び、毎朝、キクのつくった弁当をもって小田急線で新宿に出て、省線で御茶ノ水の東大に行き、夕方決まった時間にかえって来るという生活を繰り返すことになった。

樽本が引っ越してきたので、正一の実弟である誠二もちょくちょくやってくるようになった。樽本は誠二のゼミ生である。

誠二は経済学者として学会で中堅の位置に属し、大学では酒のみのべらんめえ教授というあだ名をつけられ、学生から親しまれていた。家が近くだから、ちょくちょくやってくる。

日曜日になると、二人の間借り人も家族同様の待遇を受けるようになった。

座敷で皆でテーブルを囲み、わいわいと楽しむようになった。昼になると、それぞれ好き勝手に蕎麦か寿司をとった。寿司は明大前の店がわさびがきいて頭の芯までツーンとくるというので、寿司が食いたい者は寿司、蕎麦がいいものは蕎麦、と勝手に注文し、男たちはビールや酒を飲んで議論をした。

誠二は酔うとベランメエになり、時局談義をはじめた。

その前に、樽本に、おれが先週授業で講義したことをここで簡単に説明しなさいと言ったので、樽本はあわててしまった。

「……これから世界の情勢は様変わりするというお話でした。要するに、第一次大戦前の世界は第一地域と第二地域に分かれていて、第一地域の国は資本主義国で先進工業国。第二地域は植民地か半植民地、あるいはおくれた半工業国。第一地域に原材料を供給するだけの存在でした。それが第一地域から工業製品がこなくなって困り、自国で二流品、三流品をつくって間に合わせた。第一地域の国も戦争継続のために第二地域の国からやむなくこのような物を買ったので、第二地域はにわかに経済膨張し、異常な好景気になった。先生のよくおっしゃるイケイケドンドンですか。しかし、戦争が終わって第一地域の生産が回復すると、第二地域の産業はいっぺんにだめになり、金融恐慌に陥った。第二地域の国は第一地域に属領化してブロック経済になる――」

「日本は第一地域なの。それとも第二地域？」と百合子が聞いた。

「さあて、やはりこれはおくれた半工業国の範疇にはいるのではないですかな……」

と樽本の答えはあいまいだった。

誠二が口を出した。

「……日本経済が今のような恐慌状態になったのは、第一次大戦の間、好景気に浮かれて低能な俗物の資本家どもがさんざん儲け話にうつつをぬかし、ずさんきわまる経営をしたからだ。彼らは私腹をこやすに急。イケイケドンドンでいいかげんな製品をつくり、しないでもいい値下げ競争をし、安かろう悪かろうで日本商品の評判を落とし、ずさんな放漫経営で鈴木商店がつぶれた。戦争が終わったとき、もう自由主義的な資本主義の時代は終わったんだよ。今の事態をきりぬけるのにカルテルなどをつくっているが、相当徹底的に統制をやらんと立ち直れんだろう」

「徹底的な統制などというと、自由主義を否定するわけか」と正一が聞いた。

「いや、そうじゃあないよ。兄さん。今、恐慌と関係ないのはソ連邦だけでえらく発展している。しかし、これは社会主義で強制経済だから我が国の参考にはならん。資本主義は維持しながら、あたらしい体制に移行する……」

よくわからないので、「あたらしい体制ってどんなことをするんですか」と正夫が聞いたので、誠二が話をつづけた。

「まずむだなことを排除して生産原価を下げる。株主が会社に強要して配当を二割も出させるなんていうのはけしからんことだ。それから役員どもが自分たちの給料を勝手に吊り上げて豪邸づくりにうつつをぬかした。その結果、今はどんづまりになって、今度は困りに困ってタコ配当、粉飾決算で会社をばたばたつぶした。こうしてまじめに働いていた労働者たちを貧窮のふちに追い落とした。これからは、無能な資本家や重役に経営をまかせてはいかん。有能なプロの経営者が出てくるべきだ。つまり所有と経営の分離……。まず技術の合理化、経営の合理化、産業の組織化の三つだ。おい、樽本、おれのゼミを聞いているだろうから、説明してみろ」

樽本はまるで皆の前でテストされているみたいという困った顔で、もぐもぐと口ごもりながら、しゃべった。

「……技術の合理化というのは、工場の作業工程の簡単化、自動化。たとえばですね、アメリカのフォードシステム。つまり一人があれもこれもやらないで一つのことだけやることにするんです。コンベアに乗ってきて目の前にきた部品のねじをこうやったりして。産業の合理化とは、会社などを合併させたり、協業させたりすれば、すごく効率化します。産業全体で部品の型を統一化して大量生産すれば生産費がすごく安くなって会社は息がつけます……」

「お前の説明はまるで小学生だな」と誠二が言ったのでみなが笑った。

百合子は聞いていて、型の統一化というのが要点なのだなということに納得した。

「おじ様、型の統一化ってだいじですよね」

「そうだよ。鉄の鋼板などタテヨコの大きさを一定化してきまった型を各社がつくるようにすれば大量生産ができる。おい。百合子、本にはB六の大きさとか文庫本というのがあるだろう。紙を四つ切りにしておなじ大きさにして本をつくる。八つ切りにすれば文庫本になる。つまり形がさまざまだと余計なきりとりをしなければならんから、紙がむだになる。製紙業界はようやくそれに気づいて型の統一をしたから、今ではどこの本屋でも本の大きさは同じになった。なにごともそうすればいいんだ。ほれ、このビール瓶、これも同じようにしたからビン会社は大量生産できた。どこの会社もそれを共有してリサイクルする。それだけ値段もやすくなる」

「そういう話なら女だってわかりますわ。着物だって洋服だって型紙でつくるから」

「その手だったら、ほかにもいくらだってやる手はあるのね。業界って、それをしなかったの、ひどい」と節子も身を乗り出してきた。

正夫が立ち上がって言った。

「さっき樽本さんがフォードシステムと言ったのを訂正します。正確にいうとテーラーシステムです。わかりやすく説明すると、ここにキンピラゴボウがありますね。キンピラゴボウはニンジンとゴボウ。台所で、キクとタキ、お母さん、百合子姉さん、節子姉さんが一列に並びます。タキがゴボウを洗い、キクはせっせとゴボウの皮をむく、それをお母さんがなぎなたで切るようにおおまかに切る。次に百合子姉さんがそれを細かく刻む。次に節子姉さんがそれを水にさらす。

ゴボウがおわったら次はニンジン、おなじような作業を繰り返して作業をすすめる。できるだけエネルギーを無駄に消耗しないように包丁のあつかいもなぎなたみたいに大仰にふりあげたりしない。ササッと最小の身体動作で作業的にスピードをあげて大量生産する……」

「あほんだら」

「マンガじゃあるまいし、ニンジンきるのになぎなたなんて、あんたの首ならちょん斬ってあげるよ」と枝里子が毒づいたので皆が笑った。

「おい、酒、酒」と誠二がキクに命じた。

いつのまにか一升瓶がからになり、ビールが数本たおされた。

話がおもしろかったので、正夫がさっそく提案した。

「我が家にはそうとうの論客がそろっています。まずお父上が裁判官。おじさんは経済学者、幹夫兄さんはロシアの専門家、時造兄さんはシナ通。樽本さんはドイツ文学否ゾンバルトですか。陳君は中国大陸の話、そうゆう順でまた話をしたらどうでしょうか」

「それはいい。賛成だ。だがお前が抜けているじゃないか」と誠二が言った。

「僕はさしずめ築地小劇場です。タ・ターン・タン」

正夫は山本安英がラストシーンでやる型をパーフォーマンスしてみせた。

「では次の日曜から高遠家勉強会をはじめます」

昭和五年の正月

十一月の酉の市がすむとにわかに寒風が吹いて冬めいてくる。師走の声を聞くと、高遠家はにわかに忙しくなる。

評判の家を新築したので、それを見たさに親戚・知人などの年始客がおおぜい訪れるだろうと予想して、枝里子はその準備にかかりきりになった。

広い応接間も客間もあるから、客の滞留時間もながくなり、茶菓の接待が大変になる。人一倍気働きのきく百合子は足元から鳥が飛び立つような思いになり、早速、男たち三人をかりたてた。

「あんたたちも遊ばせておかないわよ。さあ、家じゅうの大掃除よ。畳をあげてほこりをたたくのよ」

「たたみはそんなに汚れていないよ」といいながら、正夫、樽本、陳クンはまだプーンとする青畳をはずして日当たりに干し、木刀でバンバンと叩いた。

「日本の正月はこんなにしてやるんですね」

陳君はかいがいしく畳をはがして運ぶ作業を手伝った。

正夫は畳の下に敷いてあった古い新聞にくいついて読んでいる。

新聞の記事はほんのわずか前のことなのに時間がずっと経過しているように感じた。

畳をたたいたあとは長い竿の先に雑巾をつけて天井のすす払いをした。柱なども念入りに拭いた。

正一は例年と同じく早めに築地の魚市場に行った。新巻き鮭二本を買うためである。

場内市場も場外市場も全体がまつりかなんぞのように盛り上がっていた。

新巻きを山積みした売り場では、はっぴを着た衆が威勢よくがなり声を上げていた。

正一は自分で選ぶのではなく、元漁師をしていた木村さんという長年の付き合いの仲買人に頼んである。毎年、木村さんは「いいのがはいりましたよ」と言ってどっしりとした重い二本を渡してくれた。木村さんが選ぶ新巻きは文句なく脂が乗って絶品だった。

新巻きを運転手に渡すと、正一はついでに場内をみてまわった。

この雰囲気はまことにすきである。あらゆる店に興味があるので、細かくのぞきこむ。ほとんど全部を回らないと気が済まない。あと場外にまわって鰹節一本と卵焼きを二本買い、待たしてあった車で帰った。

新巻き二本と鰹節二本を買うために公用車とは豪勢でしたわね、と枝里子が笑って茶を淹れてくれた。

日曜日、正一は作業服に着替えて、陽差しの暖かい庭で出刃包丁をとぎ、縁側で新巻きをまな板にのせて切り身にする作業にかかった。

「先生はなんでもおやりになるんですね」

と陳クンが横から見ていて感心して言った。

「ほとんど同じ大きさに均等に切るのは技術と熟練がいるんだ。僕はもう何十年もやってきたからプロなみだよ」

「へえー、そうなんですか。僕やってみましょうか」

「だめだね、君なんかにできるわざではない」

陳クンは切り身を空き箱に詰める作業を手伝った。

二十日を過ぎると、台所は決戦場になった。

女中のキクは御用聞きを、あれが要る、これを持ってこいの浜育ちの強引さでこき使った。タキは井戸傍で野菜類をじゃぶじゃぶと洗った。

白い割烹着に姉さんかぶりをした枝里子、百合子、節子の台所でのおしゃべりでひときわさわがしくなる。

とにかく訪問客が多いので、客用の三の重と四の重のほか、身内用のものもつくる。黒豆を煮るのにさびた釘を入れるのよ、と枝里子が注意した。

黒豆、田作り、数の子の祝い肴三種、一の重の酢の物二種として鯖昆布じめ、鮃黄身衣。

二の重は取り肴三種としては鰤の小串、よせ新菊、梅花くわい、三の重の口取り三種としてき料理んとん、肉蒲鉾、矢蓮根三種、與の重は甘煮五種で、こり上手の枝里子は蒲鉾も飾り切り、料理上手の百合子と二人の独壇場となった。

節子は紅白なますのほか、身内用のおかず量産のほうに回った。

枝里子は、玄関に金屏風を立てて、その前の中卓の上に松と薔薇の盛り花を置いた。

客間の床の間には、百合子が五葉松・白椿の生け花を置いた。

男たちは玄関口に門松を立て、松飾りを玄関口の欄間に下げた。これだけで正月気分が全室に満ち、来客たちはあっとおどろくに違いなかった。


元旦のおそい朝は晴れて暖かだった。正一夫妻、長女夫妻、次女夫妻、正夫に楠本、陳クンが顔をそろえ、威儀を正して、新年のあいさつを述べ、屠蘇と雑煮を食べた。

三が日は来客はなく、のんびりと過ごした。

四日、正一は出勤して全職員に挨拶を行ない、五日と六日は来客を自宅で迎えた。この二日間は飛ぶように忙しく、枝里子も百合子も白足袋がすりきれるほど廊下を小走り、接待を行なった。

五日は裁判所の所員たちがおおぜい訪れ、彼らを座敷に入れて、酒や料理でやんやの無礼講になった。キクとタキは酒のかんつけで台所と座敷の間をピストン往復し、どうにかなってしまいそうだった。

しかし、高遠家にとってもっとも楽しい正月はこういう公式の付き合いをすませたあとでやってくる。それは日曜日に決めている。

その日は東京や近在にいる正一と枝里子の親族のほか、ご近所の方たちも呼んでいる。

正一の親族は弟の誠二夫妻と娘二人、枝里子の親族は兄と独身の弟妹夫妻がそれぞれ子どもたちを連れてぞろぞろやってきた。

おおぜいの親戚があつまると、あれ誰だったっケという事態になる。新築の間取りを見せるために、枝里子が先に立って案内するとぞろぞろとついてきた。二階まで上がって見せた。皆、しきりに、きれい、素敵、モダンと最大限の形容詞でほめた。

座敷にもどると十二畳の部屋が人でうずまる感じになり、客用の座布団がたりなくなり大急ぎでふだん用の座布団も動員した。

客たちはテーブル二つの周りに固まってそれぞれ初対面や久闊の挨拶を腰を折り曲げて行ない、「お子さんはとても大きくなられましたね」と必ず過去の話になった。

若い人たちは居間のほうで固まった。子どもたちは庭で羽根つきを始めた。

昼になると、正月用のお重がテーブルいっぱいに広げられ、明大前から大きな寿司桶が届いた。

ハイライトは午後のかるた大会である。場所は正一夫妻の十畳で、四角形に座布団を並べた空間がかるたの戦場である。

「さあ、みなさんどうぞ」の声で親戚たちが一斉に座布団を占める。座れない者はうしろで肩越しに見る。

「やるわよーッ」

「まけないからね」

と誠二の長女育子とお向かいの長澤さんの長女の民子が、東西の両横綱という感じで対峙した。早くも舌戦が展開する。

やがて真中の空間に百人一首の五十枚の札が並べられた。自信のない者も、膝の手前の札だけは絶対にとるぞと目をさらのようにして見つめる。

陳クンが「ボク一枚は確保します。絶対に眼の前にありますから」と言うと、百合子が「ダメダメ、上の句の二字か三字が勝負なの」とダメ押しした。

上座に座った枝里子がろうろうと詠みあげ始めた。

「天の原ふりさけ見れば春日なる　三笠の山に出でし月かも」

当然場にない札も詠む。

「淡路島通ふ千鳥の鳴く声に　いく夜目覚めぬ須磨の関守」

「――いく夜目覚めぬ須磨の関守」

とくりかえし詠む。

「忘らるる――」とよんだところで「ハイッ」と威勢のよい声が飛んで札がとられた。次の次の句では、「しの」だけで「ハイッ」と白い手がのび、その上に男女の手が重なってキャーッと嬌声があがった。

枝里子のろうろうたる詠み上げがつづく。

「ちはやぶる神代も聞かず竜田川　からくれないに水くるるとは」

「――からくれないに水くるるとは」

まちがえるとお手つきになりとった札を返さなければならない。

あれよあれよという間に、札が半分以下になった。

皆、目が血走ってきて、いよいよ決戦という段階に達した。

「あり――」

「ハイッ」

「オテツキッ」

「明けぬれば暮るるものとは知りながら――でしょう」

枝里子に代わって百合子が唄を詠む。彼女もろうろうたる詠み方だ。

こうして最後に残った十いくつの札の猛烈なとりあい。バーッと手で札を吹っ飛ばす。

かるた大会は十数分で終了。剛の者がほとんどの札をとってしまった。正夫が三枚、樽元は二枚、陳クンは一枚もとれなかった。

かるたを一枚もとれなかった子どもたちは同じ場所でトランプのカードを裏返しにならべて〝神経衰弱〟をした。

帰る客が出て、丁寧に挨拶して帰っていった。残った男たちは座敷にもどって酒もりをし、中年の女たちは居間にあつまっておしゃべりした。

この日が終わると枝里子はぐったりと疲れてしまったが、なんという楽しい時間だったのだろうと思った。

こうして昭和五年の正月が過ぎた。

治安維持法

正一は昭和になってから急に世の中が変わってきたように思った。

それをいちばん身近に感じたのは、若槻内閣のときにできた治安維持法である。

いったいこの法律はいかなる法理からでたものかまったくわからぬまま、いきなりといったかたちで決まったのである。

大正十五年一月、京都大学と同志社大学の学生が配属将校が大学の自治にまで干渉するのに怒って全学でボイコット運動をおこし、それに対してこの法律の最初の適用が行なわれ、野呂栄太郎らが検挙された。

そして昭和三年三月十五日、日本共産党はじめ関連団体の一斉検挙が行なわれ、逮捕者は千六百名に及んだ。

昭和四年の四月十六日には二度目の大量検挙が行なわれた。

正一が学んだ近代の自由は、たとえどんな過激な思想であろうと、それが人間の脳内にとどまっているかぎり、保持は自由であり、表現も自由である。

ただ、その思想にもとづいて公共的なものを破壊する行為や罪のない者を傷害した場合には、その行為に対してしかるべき罰を課す。それには十分な刑法がある。最高の罰としては、刑法に内乱罪というものがあり、きびしく規定されている。

しかしそういう段階に至らない間は、人間は頭の中で何を考えていようと自由であり、社会にたいして損害を与えない限り、集会も結社も出版も自由である。それが数百年もかけて人類が血みどろの抗争を経て到達した文明の精華である。正一はそう学んできた。

だが、治安維持法はちがう。思想そのものの保持を禁止し、結社を組織することを罪としている。これはあきらかにおかしい。法律の世界に不純物を投げ込んだに等しい。

治安維持法には「国体を変革し、または私有財産制度を否認することを目的として結社を組織し又は情けを知りて之に加入したる者は十年以下の懲役または禁錮に処す」とあり、天皇制の廃止とか私有財産制の廃止という思想をもって、政党や団体を組み、そのメンバーになるだけで検挙される。

歴史のある時期にしばしば施政者は反対党を制圧するために法令を発して取締り、極刑をあたえたが、これは政治的な法令であって法理の上にたつ法律とは異なる。

正一はこの治安維持法にきわめて強い不審感を感じた。それはいきなり法曹の世界に侵入してきた異物であるとみなした。

裁判所があまりにも多数の人間を逮捕したので、東京地裁では、四十人くらいずつ分けて併合審査することになった。

正一は、被告人徳田球一のグループの予審が終わったので、予審判事になった佐藤判事に予審終結決定書をみせてもらうと、相当な枚数でかなり詳しく調べてあった。

佐藤判事によると、最初は被告人たちは黙秘して頑強に抵抗していたが、一部の被告人が供述を始め、その調書を見せられた他の被告人がおどろいて、被告人会議を開いて、供述を判決文に公開するという条件ならば、党の歴史と存在を世に知らしめるためにしゃべったほうがいいという意見が多数を占めたという。

頑強だった徳田も志賀、国領も供述を始めた。それで予審調書ははちきれんばかりにふくらんだ。

予審というのは、逮捕した千六百人のなかから起訴する人間をきめる作業であるが、東京地裁関係の千五百五十人でも、大多数は「情けを知りてこれに加入」した者であるから、さしたる罪級もつけられず、起訴は全体で四百九人になったと佐藤判事は言った。

「大半は訓戒を与えて釈放しました。彼らは四日間の拘留でくたくたになってしまい、ほとんどの者は二度と舞い戻ってこないでしょう」と言い、「これだけで目的は達したのではないですかね」と付け加えた。

正一は、併合審査でどういうやりかたをするのか、時間の合間をみつけて法廷を見にいった。ちょうど午後からの徳田球一の裁判に間に合った。

廷吏につれられて入ってきた徳田は何ら裁判所をおそれるふうはなく、傍聴人のほうをちらと見たうえで、被告人席に腰を下ろした。ずんぐりした体つきで、他の都会のインテリを思わせる被告とちがって、どこか村夫子のようなところがあり、いかにも世俗の苦労人といった風情を感じさせた。

裁判長が人定訊問で、何か特殊な病気はあるかと聞き、特にないと聞いて、お前は健康そうでよいな、とほめたとき、徳田は収容所のひどさを訴えだした。

「私は一九二八年三月からここ三年半、いわゆる獄中生活をしております。その獄中たるや、名前は三畳だが、縦横も狭く、畳は二畳しかありません。しかもその中に便所がある、洗い場がある、極めて不潔。窓は小さく、採光が悪く、通風が悪い。そうして運動は一日三十分、食料ときた日には、麦七分、米三分、世界のどこにもこんな残虐なところはないと思います。夜は眠れない邪魔物がある。それは何であるかというと、南京虫ですな、彼らが数百群をなして襲ってくる」

裁判長、「そんなことは訊いていない」。

徳田はさらにつづけて言った。

「冬にはノミがいる、シラミがいる。あなたが監獄に来てみればわかると思うが、あたらしく入ってきた者の匂いがすると、素晴らしい人懐っこしさでたかってくる。そういう状態に三年半もおかれていると、ほとんど全員が一種の監獄病に陥っている。ビタミンA、B、C、Dというものが少なくなっているから、夜盲症にかかったり、歯がボロボロに落ちたりする。そのために私たちは釈放要求を出している。裁判長は僕が健康そうに見えるといったが、健康どころではない……」

「そんなことを訊いたのではない、何か特殊の病気があるかと聞いたのだ」

「監獄医は特殊の病気はありませんというが、私の見るところではビタミンが少なくなっている監獄病です」

このとき、「監獄医も同じようなことを言っている」と被告席から野次が飛び、廷吏があわてて制止した。

徳田は、苦情を言うにしても、激発的なところは少なく、どこかユーモラスなところがある。正一はなんとなく彼に好感をもった。裁判長は本題に入った。

「党創立いらいからの日本共産党員にまちがいないね」

「そうです。検挙以前に私は中央委員として責任ある地位におりました」

「では訊く。日本共産党の青年運動に関する政策は何か」

徳田は、五つの指導原則を挙げて、簡潔に述べた。これで徳田に対する訊問を終えた。

市川正一に対する訊問

高遠正一は、七月二十三日、第九回の裁判の全容を知りたくて特別傍聴人として見に行った。早朝から正門玄関に一般傍聴人が長い列をなして入廷を待っていた。

午前九時二十五分、東京地方裁判所陪審第二号法廷のひな壇に裁判長を中心に左右の陪席判事、検事、書記が着席し、弁護人が弁護人席に着席した後、裁判長は被告人の入廷を命じた。

被告人は一列になってぞろぞろと入ってきた。彼らはそれぞれの姓名を貼った席についた。

傍聴席には、特別傍聴人六十名、一般傍聴人百二十名、被告の家族・親族二十名、保釈または執行停止中の者二十名が順番に入ってきて、廷吏の指示に従って着席した。

広い廷内にこれだけ人が入ると、空気がむんむんしはじめる。

裁判長は被告人の点呼を行なったのち、被告人に注意を行なった。

「これまでたびたび述べたことだが、改めて被告人に言っておく。裁判所の許可なくしてみだりに発言したり、それをやめるように言っても応じない者は退廷を命じる。あちらでもこちらでも勝手に発言したのでは併合審理がはかどらないから、分離裁判にするかもしれない。私語をやめない場合は傍聴禁止を決定することがあるから注意しておく。それでは市川正一、前にでなさい」

裁判長は市川に対し、違反歴の確認、家族、学歴、資産などについて訊問があり、日本共産党の設立以来九年間の歴史を具体的に述べるように命じた。

市川は、いちいち九年間の党の歴史をのべるなどということは、時間がかかって無意味である。自分がこの法廷で述べるとすれば、日本共産党は何も悪いことをしていないのに、ブルジョア階級の階級敵として捕虜となっている、したがっていかにブルジョア階級が間違っており、日本共産党はそれに対していかに闘ってきたかを述べることにする、と高らかに宣言するように言った。

市川は、共産党の党是に始まって、国内闘争、コミンテルンと協同して世界の被圧迫者の革命にいたるまでを大風呂敷に広げてとどまるところを知らぬ勢いでしゃべりだした。

裁判長は、たびたび制止を入れ、宣伝的なことばかり言わぬように注意した。市川はそれを了承するかにみえて、すぐ元の調子にもどってほとばしるようにしゃべりつづけた。

市川は細縁メガネをかけたいかにも知的な風采で、徳田とは対照的だった。早稲田大学を出て、著述業をしてきたので、これまで何十回も書き慣れてきた論文をそらんじるような調子で、総論に始まって各論というふうに首尾一貫してしゃべらないとおさまらないタイプらしく、あっちにとんだり、こっちにとんだりといった発言はしない。それだけ話が理屈ぽく、平板で冗長になった。

正一は、裁判長がコミンテルンとの関係にしぼって聞こうとした部分に注意を払った。

「日本共産党はコミンテルンの直接の働きかけの下にできたという話だったね」

「双方が結合したものです」

「十一月の大会に行った時の代表者は誰かね」

「そのような質問にはこたえられません」

「成立当時の日本共産党はインターナショナルからの財政的援助を受けて出来上がったのか」と裁判長は突っ込む。

「創立の時にコミンテルンの財政的援助をうけたことはないということだけ答えておきます」

「渡航の費用はどのようにして支弁したのか」

「わが党の党費によってです」

「党がまだできていないのだから、党費などというものはないではないか」

被告人席の鍋山貞親が割って入り、「同志市川はその後に入党した人ですから知らないことがあると思う」と発言した。

「一九二六年（大正十五年）の十二月四日、山形県の五色温泉で大会があったが、その時指名された中央委員は何人だったか」

「そんなことは答えない」

「党の活動は裁判所は公開では困るということまで述べさせた。それなのになぜ中央委員のことを答えないのか、腑におちない」

「裁判長が腑に落ちないのはやむをえません。我々の党は階級の党であるからブルジョアジーの敵であることを説明しました。それに対し、ブルジョアジーが罰しようと罰しまいとそちらの自由です」

「肝心のことを何も答えないでは、共産党宣言のどこかに書いてあったように、妖怪が漂っていることになってしまう」（被告人席で笑声が起こった）

「それはブルジョアジーにとって恐るべき妖怪だと言ったのです」

「三・一五検挙後の組織を報告するためにコミンテルンに人をやったのではないかね」

「しばしば派遣いたしました。それによってコミンテルンとの連絡は一層密接になりましたが、いかなる同志を派遣したかは申し上げられない」

「その時の費用はどういう資金によって支弁したのか」

「党員が正規に出す党費からです。それから党の同情者、共鳴者の寄付金、党事業の収入、この三つから成り立っています」

「実際に党の活動に資するだけの党費が集まっていたのか。百名程度の党費では、支弁できるわけがないではないか」

「党費は一律一定額であった時代と収入に応じて累進的であった時代と大体二つに分けられます」

「この前の話では党員は二千人とか三千人とかいう話だったが……」

「五千人というのがコミンテルン第六回大会当時における日本共産党の直接目標数だということは申し上げました。したがって五千人以下であったことは結論できます」

「被告逮捕の時、所持していた金は党費か私費か」

「私費です」

「米貨五一二ドル、日本貨二千円、被告所持の鼠色の革製の財布が押収になっておる」

「それはどういうものか知りませんが、鼠色の財布は私自身の金であります」

「これはレーニンの内外政策についての山川均の翻訳だが、さっき鍋山がたいへんきれいなことを言ったが、レーニンが言っているような所謂ダークサイドというようなものもあったのではないか」

「私は日本共産党が小ブルジョア要素のためにしばしば妨害を受け、発展を阻害されたことを述べましたが、裁判長が今言われたようなダークサイドというような、ブルジョアの腐れはてたようなものはわが党に関しては断じてないのであります」と市川は勇み立って答えた。

「レーニンは党に三つの大敵がある。一つは共産党が非常なうぬぼれであること、第二は文盲、第三は賄賂であるとして嘆じている。日本共産党にもそういうことがあったのかどうか」

鍋山が口を挟み、「日本共産党は権力を握っている側に立ってないからそういうことはない。小川平吉や小橋一太が賄賂をとっていたのは権力側にいたからである。そういうことに対して闘うのが共産党である」と吐き捨てるように言った。

杉浦が、「第一、日本共産党に賄賂をもっていっても何にもならないよ」と言ったとき、被告人席と傍聴人の間でどっと笑声が起こった。

市川の訊問が終わったので、正一が表に出ると、右翼団体の者が表玄関のあたりでビラを散布したかどで警戒中の丸の内署警官に連行された直後らしく、数人の警官が集まっていた。

そのまわりを労働者らしき者が数十名集まっていたが、不穏な動きはなかった。

正一は、疲れを感じたので、佐藤判事をさそって銀座の小料理屋岡江にいった。奥まった路地の中にあり、女将とは長い付き合いである。寿司も出すところが気に入っている。

正一が、おしぼりで手を拭きながら、「今日の裁判を見て、私がこれまでやってきた裁判とはあまりにも違うんで驚いたよ」と佐藤判事にいうと、佐藤は「大正時代に民主主義の風潮がさかんになって、それで共産党の土壌がはぐくまれました。政治当局はこれではいかんと一気にそれをひっくり返そうとしたのではないでしょうか」と言った。

「特にソビエートロシアとの国交回復がなりましたから、よっぽどむこうから思想が入ってくることを防止したかった……」

「それなら法律などつくらないで法令か政治で対処するべきではないか」

「そのとおりだと思います」

「実にうさんくさい、頭がいたい問題です」

正一が感じたのは、まず、第一に、被告人といっても、彼らは犯罪者でなく、普通の社会人であり、思想は偏ってはいるが、国民としては上質にぞくする者たちである。

考え様によっては真摯に物を考えたからこそ、マルキシズムを選んだ人たちである。こういう人間を罪におとしこめるというのは一種のおぞましさを感じないわけにはいかない。

彼らはブルジョワジーによって不当に逮捕された階級捕虜であるから、法廷を舞台にして階級闘争を行なうと言っている。

自分たちの思想を国民に知らせる手段がまったく残らないならば、自分たちの口述を裁判記録に残すしかない。彼らが必要以上にあけすけに言い、供述をひきのばすのはそういう戦術である。いったいこれはどういう裁判なのか、裁判足りうるものなのか。正一は頼まれても、このような裁判にはかかわりたくないと思った。

正一は佐藤判事と新宿の小料理屋ではしごしてから、いささか酔ってタクシーを呼んだ。佐藤判事を笹塚で降ろし、正一はもう一軒、下北沢で軽くはしごして帰った。

石原莞爾の思想

岡崎幹夫が関東軍参謀の石原莞爾大佐を心酔するようになったのは、石原の「世界最終戦論」を読んでからである。

同僚の下士官の間でも石原の信奉者が多かった。幹夫は日露戦争で父親が精神異常になってから、ますますロシアに憎悪心をもやし、石原を千年に一度出るか出ないかわからない軍事的天才ではないかと信じるようになった。

石原の最終戦論の主敵はアメリカであり、日本はソ連を制した後、アジアの支配をねらっているアメリカと対決になり、アメリカの西海岸で決戦になり、日本が勝つ、つまり東洋が西洋を制するという思想である。

しかし、そのためには、日本は資源に乏しく戦争を継続できる能力がない。それで満蒙を取り、そこの資源をわがものにし、この地に工業化を進めて軍需品を生産するまでの十年は、平和を維持し、その間に戦力を蓄えれば十分最終戦を戦うことができる。

毎年七十万人ずつ増え続ける人口もこの地で生産する食糧で自給できる。

島国の日本本土が空襲されるなら、場合によっては、天皇を満洲で奉戴し、中枢機構を満洲に移すことによって長期戦を継続できる。

石原は総力戦を準備するためには、国民総動員を実現できる国家社会主義による統制が必要であるが、ソ連式のマルクス・レーニン主義的な社会主義統制より、ナチス・ドイツが進めている国家社会主義のほうが、民間の資本主義を許容している分、我が国に適合しているとした。

これはソ連革命を現地で体験した満鉄社員宮崎正義の意見を完全に吸収したものであった。

しかし、ナチス・ドイツの国家社会主義といっても、その進行状況はまだ未知数である。それで、幹夫は東大独文学科の樽本忠太郎にナチス関係のドイツ語文献を大車輪で翻訳させて、それを読むことにした。

幹夫は石原とは面識もなく、とりたてて近づきたいとも思わず、自分は参謀本部の人間として研究したいと思っていた。士官学校でロシア語を学んだ幹夫が参謀本部で独自にはじめた作業だった。

だが、こんな考えを高遠家でもらしたことはない。

ある日、時造は幹夫から、すまないが、これを要点でいいから訳してくれませんかと渡されたものがあった。それは南京の「時事月報」に載った「田中義一上日皇之奏章（田中義一の天皇に対する上奏文）」という中国文の記事だった。

時造が読んでみると、いろいろと詳しく書いてあるが、しかし、日本の首相が天皇にこんな陰謀めいた上奏をするわけがない。これはにせものだということがすぐわかった。

「どういう内容ですか」と幹夫が時造の家まで聞きにきた。

「そうですね。これは田中首相が天皇に満蒙を断乎武断的に取らなければいけないということをるる論している内容ですが、第一、日本の大臣がこんな謀略的なことを天皇に言うわけがないと思いました」

「にせものであることは承知していますが、中国人がわが国のことをどう考えているかに興味があります」

時造は幹夫が一笑に付すと思っていたところ、膝を乗り出して聞くようなところがあったので、軍人という立場は敵方のどんな情報でも知っておきたいものかと思い直した。

それで冒頭、満洲という地域は九か国条約で中国領だと国際公認してしまったが、これは米英の策謀であり、我が国まで賛成してしまったのはまちがいだと田中は言っており、あの地域は金とか蒙古、満洲族など地元の王侯のものであり、我が国の矢野博士も学問上そう結論している。

このままいくと中国人が毎年百万人ずつ入り込んで南満の中国化は必至、ソ連も北満を固めている——。

「それで我が国は断乎北満をとらねばやがて南満の足場もうしなってしまう……と文中の田中首相は言っています」

「つまり北満をとらねばならんと……」

「そこにものすごく力をいれています」

幹夫は、父から日露戦争で勝ったなんていうな。交戦地域を限られたうえで、九州位の狭い面積で戦争をやっただけで、北満のほうは手付かず。ロシアは安全地帯の中に日本を引っ込んで戦争が終結しただけと言っていたのを思い出した。

日露戦争に参加した田中義一も同じようなことを思ったことがうかがわれる。

「いちばんのかんどころはどんなことを書いていますか」

「鉄道に関していちばん多く書いています。あんなにだだっ広いところではまず鉄道を敷かないことにはなんにも始まりません。軍隊を運ぶには鉄道しかないわけです」

「フムフム……」

「田中義一が、我が国は四つの鉄道の敷設権をとって満蒙をとらねばと天皇を諭しているわけです。そのひとつが遼陽から熱河へ四七〇マイル、これは内蒙古の資源を獲得するため。日本人人口二千万人を引き受けられる。羊二百万頭を飼って良質の羊毛をヨーロッパに輸出できる。また蒙古に羊毛産業を興せる。二つ目は、満洲中央部から西部にのばす線で一三六マイル。対ソ作戦上必須。三つ目は長春から扶予、大賚へ一三一マイル、北満に入るための入口で、中部地域の最も豊かな資源を手に入れられる。四つ目が長春から敦化、北朝鮮の会寧、これが一番内地に近づく。会寧から羅津はすぐですからここはウラジオストクに対抗する良港になれる。ここから敦賀につなげば日本本土から最短距離になる」

「満洲をとるためにはどうしたらいいと書いてありますか」

時造は、つい笑ってしまった。朝鮮から越境した朝鮮人百三十万が満洲に入って中国籍をとった農民になっている。かれらはわが方のよき利用者になれる。彼らが中国人と紛争を起こしたとき、我が国が朝鮮人保護を理由として介入すれば戦争につなげられる。

だが、「北満を取るためにはソ連と一戦しなければならず、福岡・広島師団から名古屋、関西、関東の各師団を動員して、山海関で中国軍の北上を阻止し、チチハルでソ連軍の南下をおさえ、この戦争に十年かかろうとも全満蒙を取ってしまえば、わが帝国は満洲を根拠地にして中国本土も意のごとくさせられ、アメリカと決戦し、これに勝って南方の諸国もことごとく……」

「とそこまで親切に言ってくれているわけですな」

「最後に満鉄の改組まで進言しています」

「ずいぶんいろいろ教えてくれたものですな――」

と幹夫ははじめて大笑した。

節子は熱燗を用意し、すき焼きをつくって夕食を共にした。時造も幹夫も酒の勢いで話題が豪快に広がった。

幹夫が帰ったのち、時造はハッと思いついた。この一文は日本が熟柿が落ちるのを虎視眈々として待っていることを予測して書いたのではないか。その一触即発のチャンスはもうすぐやってくるのではないか、と。

すると張作霖を爆死させた満洲某重大事件なるものは、河本大作大佐がやったことが知られているが、つぎに起こる不吉なことが予想できる。張作霖の息子の張学良が国民党に帰順を表明したのであるから、北伐は成就したことになり、日本はいよいよ出口をふさがれたわけである。

田中義一首相は、天皇の不興をかって辞任したが、事態はそれと関係なく進むにちがいない。

時造はもし戦争がはじまったら自分はどうしたらよいものかまったく予想がつかなかった。

虫が絹をつくる

幹夫が自分の八王子の実家でカイコを飼っているという話をしたとき、節子が目を丸くして、「見たい、見たい」と言い出し、枝里子をはじめとして誠二の娘二人までがこぞってカイコ見学ピクニックをしましょうよと予定まで決めてしまった。

仲造は五年前に心不全で亡くなっていたので不都合はなかった。ちょうど春繭の季節になったので、ではそうするか、と幹夫が承知して、実家にその旨知らせると、ぜひみなさんをお連れしてくださいと文枝から嬉しそうな返事がきた。

京王線で八王子まで行き、そこからバスに乗っていくと、一面の桑畑が広がっていた。おおきな竹林がいくつもあり、まったくの片田舎であった。

村落の中に門構えの立派な農家があり、それが幹夫の実家だった。

幹夫の両親が玄関で出迎えた。

街なかで育った枝里子や若者たちにとってこんな田舎に足を踏み入れたのは、目を丸くするほどのあたらしい経験だった。

先祖の写真が欄間に並んでいる古めかしい座敷に招じ入れられ、茶菓が出た。

雑談の後、では、行きましょうかと、幹夫が広い敷地の中にある作業場に一同を案内した。茅葺の屋根の二階家に近づくとガサガサという音が聞こえてきた。一体、何の音なのか。

作業場は四、五十畳はあろうかと思われる大きな部屋で、温度と湿度が調整されていてむっとし、独特の桑のにおいがした。

部屋の中央に二本の通路を残して床上げされた台の上に桑の葉が敷き詰められ、その中を白いカイコが群れ動いている光景は、海の中に無数の白い小魚が遊泳しているかのようだった。

さっきの音はカイコが桑を食べている総合音であることがわかった。一同はこんな風景をみたこともなかったので、驚いて口も利かず、じっと見つづけた。

「ざっとここに八千匹のカイコがいます」と幹夫が説明した。

「へえ〜、八千匹も」

背中に大きなかごを背負った中年のおばさんが入ってきてかごから両手で桑の葉をバサッとつかみ出してカイコの上にばらまいた。「すぐ食べてしまうんで、大変なんですよ。今が一番食べどきですから」とおばさんはまた桑の葉を摘みに出て行った。

「カイコ触ってもいいですか」

正夫がつまんでみた。「けっこう重たいな」

あたしもと言って女たちもおそるおそるさわってみた。枝里子はてのひらに一匹をのせて「目はどこにあるのかしら」と頭をしきりに動かす生き物を見つづけた。

「もうすぐ繭をつくるので、全部とりだしてまぶしに入れます」

幹夫が指さした棚には藁であんだ柵のようなものが並んでいた。

「あれは回転まぶしといってカイコをいれてやると自分で場所を見つけて入り込みます。すると重みでまぶしが回転し、次に来たカイコが順々に入るようになっています」

「へえ、便利なんですね」

「自分のお部屋にはいるのね。かわいい」

「そこで糸を吐きだして繭をつくります」

「どのくらいで繭になるの」

「四十八時間」

一同はカイコが四十八時間自分の身体をとかしつづけて糸を吐き、自分は小さな黒い蛹になって繭の中に入り込むという話を不思議そうに聞いた。

幹夫が見本の繭を小刀で切り裂いてみせると、中に種のように黒い蛹があった。

「この蛹から蛾が生まれるが、この蛾は飛べません。交尾して卵を産み付けるとすぐ死んでしまいます」

「では、今、次の工程が始まっていますから見に行きましょう」

「工程?」

別の部屋に行くと幹夫はハガキより一回り大きい板をみせた。

板の上には規則正しくまるいくぼみがあり、そこにゴマ粒ほどの黒い蛾のタマゴがついていた。

「これを種板といいます。農家はこれを問屋から買ってきて、いいですか、あのような工程を始めます」

みると、ねえさんかぶりをした女の人が薄いセロハン紙を下に敷き、その真ん中に種板を置き、上に桑の葉をかぶせて周りを棒状に巻いた手拭をぬらして周りを囲み、桑の葉をかぶせその上にまたセロハン紙をかぶせた。

「部屋の温度を二十七度から二十八度くらいに保つために冬は炭を焚いて温度をあげ、湿度七十五〜八十%を保つために濡れタオルで回りを包む。こうして一週間もすると黒蟻のような幼虫が生まれ、大きくなるにしたがって四回脱皮して、一月ほどでさっき見たくらいの大きさのカイコになって繭をつくります」

「すごい回転率ですね」と樽本が感心していった。

「そうなんだ。君たち、いいか。我が国は土地が狭いから蒙古のような広い原野で羊を飼うようなことはできない」。幹夫は男たちにむかって講義調になった。

「アッ、わかった。狭い土地でやれる養蚕がいちばん我が国には適しているんだな」と正夫が言った。

「つまり虫を小さく狭い空間に放牧して繭をつくらせるわけですな」と樽本が感心した面持ちで言った。

「正確にいうと放牧じゃあない。完全管理だ。カイコは人間なしでは生きられない」

「さっき、〝工程〟とおっしゃいましたよね」

「そうだ。わが国はこの虫がつくる繭から生糸を取り、我が国の輸出額の四割も占めている。これで外貨をかせいで外国から鉄や石油を購入し、あらゆる工業製品をつくっている。軍艦も大砲も」

「グンカンもタイホウも」

男たちとちがって何事もメルヘンティックに考える節子は、虫があのすばらしい光沢の絹織物をつくるなんて童話みたいだと思っていたが、カイコを目の前に見て、はじめ感じた気持ち悪さがなくなり、せっせこ絹をつくってくれるこの虫たちをかわいく感じた。

「カーイコさん。がんばってね」

と一匹の背をさすってやった。

別の部屋で繭をゆでて、糸を手繰っている実験をみて、カイコ見学を終了した。一服して皆で電車で世田谷に帰った。

青年たち

正夫は明治四十三年生まれの二十才、陳クンは四十四年生まれの十九才、樽本は明治四十一年生まれの二十二才である。三人はいつも輪のようにつながり、やたらに議論するのが好きだった。三人寄れば文殊の知恵、なにをやっても天才的にやれるなどとうそぶいていた。

樽本はほとんどまる一日部屋にこもって翻訳をした。陳クンは律儀に大学に通い、正夫だけがぶらぶらとしていた。それで休日に他の二人を誘い出し、下北沢に行って飲んだ。

土日はもう一人ご近所の常連を連れてきてマージャンをした。その部屋にキクが稲荷ずしや茶菓を運んでいくと、部屋中が煙草のけむりでムンムンと手で払いのけるほどだった。

「こんなにまで空気をかえないでいると、奥様にいいますよ」

「わかったよ。キクはいい子だからな」

「またてきとうなお説教」と言いながらキクはこの男たちがすきだった。

八王子でカイコを見た衝撃からか、三人は「俺たちは何も知らず、ずいぶん観念的だったな。もっと世の中のことを知らねばならん」と言うようになった。

樽本は、来年の春ごろ、商工会議所で統制経済の話をしなければならないが、それにはもっと卑近の経済の話をしなければならない。自分は世の中の実際を知らな過ぎて自信がない、と悲観的なことを言い出したので、そんなら、あちこちを実況調査してみればいいじゃないか、と正夫が言った。

「でも俺ひとりでは心細い。君たちも付き合ってくれるといいが――」

「異議なしだ」と正夫がすぐ言い、陳クンも日本の実情を知っておきたいと首肯した。

「すぐやろうよ。何だか尻がむずむずしてきたぞ」

いちばん熱をあげたのは樽本より正夫だった。

「まず、日本経済の把握だ。それにはまず、京浜工業地帯だな。そのあと、農村と漁村に行こう」

そうときめると早速実行するのが三人のいいところで、さっそくヤッケふうの物を着てリュックをかつぎ、東海道線に乗った。蒲田をすぎてから川崎、鶴見、横浜あたりが最盛の工業地帯で、汽車の窓から極貧の労働者の長屋が沿線につらなっているのが見えた。

家は開けっ放しで、部屋には家具らしいものはなく、パンツ一枚の子どもたちがゴムボールで遊んでいたり、ねんねこで赤ん坊を背負った女がしゃがんで庭先で煮炊きしている姿がみえた。

子どもの頃、正夫は、その有様を窓から好奇的にながめていると枝里子がそういう気の毒な人たちを見てはいけませんとカーテンを下してしまったことを思い出した。

「やはり最初はあそこに行かなくてはならん」

樽本は中学時代の友人が鶴見の鉄鋼造船という鉄鋼と船をつくっている会社で職工長をしていることを思い出し、電話で交渉すると、職工長はあっさり工場の見学を許してくれた。

行ってみると煙突の黒煙が天を焦がしていた。まさに資本主義の中枢がまるでカトリックの大伽藍かピラミッドみたいにそそり立って三人を圧倒した。

職工長の部下が案内してくれ、内部を一巡した。三人は溶鉱炉の下部をのぞきこみ、真っ赤に溶けた鉄が液体になって溝の中を流れているのをみて度肝を抜かれた。工員がそのどろどろを大きな鉄の柄杓に汲んで型に流し込んでいた。

圧延工場に行くと、蟻のように小さく見える人間がどうしてこのような巨大な装置をつくったのか想像もつかないほどの大きなローラーが上下から怒り狂ったように鋼の固まりを打ちのめし、天地開闢のころはかくありなんと思われるほどのすさまじい音響を発していた。真っ赤な鉄塊はみるみる平たい板に引き延ばされてコンベアに押し出されてきた。端の方は赤色がくすんで黒色になりかけていた。

十一月という寒い時期にもかかわらず、工場内は蒸し風呂のような暑さで、青いユニフォームを着た工員たちは汗びっしょりかき、ところどころに置いてある塩をなめていた。

大きな作業場にくると、上からクレーンで鉄板をつりあげてトロッコに積み込んでいた。これらの鉄板は船の船腹に貼る材料で、同じ構内にある造船部門に運んでいた。

工場をたっぷり見せられて三人は資本主義の本丸がいかに巨大で圧倒的であるかを知らされた。

三人は辞して港のほうにあるいていくと、鉄くずの塊が山のように積んであるところがあった。広場で数人の作業員が働いていた。

立ち止まって見ていると、職工長らしい人がやってきて、うちでは鉄くずを扱っていると説明した。良質の鉄くずはアメリカの自動車の部材でこれは一級、いちばん低い三級は下請けをつかって集めているという。

そこから数百メートル移動すると、下請け業者らしい廃鉄の収集現場があった。種々様々の鉄くずが山のように積まれ、数人の労働者ががんがんとハンマーを叩いていた。

物珍しいので近寄ってたずねてみた。

「ここで何をやっているのですか」

「運ばれてきた鉄くずについている木だとかゴムだとかの非鉄の部分を外しているのさ。こういうのがついているヤツは鉄工所は受け入れない」

「すぐ溶鉱炉にいれるからですか」

「そうだ。こういう雑鉄を圧し潰して塊にして納入するんだ」

山の様にくず鉄を積んだ大八車が幾台も入ってきた。

関東大震災の焼け跡から拾ってきたありとあらゆる鉄片、鉄管、水道の蛇口、トタン板、鉄柵、鍋釜のたぐい、自転車の残骸、つぶれた缶詰、農具などの鉄くずを積んでいた。

朝鮮人労働者は真っ黒に日焼けした顔をし、黙々と働いていた。

彼らは大八車を秤の上にのせて重さを記帳された後、鉄くずの山の中にバサッと中味を開けた。

「もっと上のほうに積め」と工員が怒鳴った。

事務掛りの者らしい袖に黒い布を巻いた中年者が出てきて、三人に聞いた。

「求人広告を見てきたのかね」

「べつに」

「うちでは今、手が足りんで困っておるんだ。あんたがたここですこし働いていかんか。給金は余計だすよ」

正夫は好奇心が発達していて、珍しいことはなんでもやってみたい衝動が働き、「どうだ、やってみんか」とすこしためらっている二人に打診した。

「世田谷からここまで通うのは無理だよ」と樽本が手を左右にふった。するとさっきの係員が「そんならちょうど空いている部屋があるよ」とそっちのほうを指した。係員は数十メートルほど離れたところにある労働者の長屋に案内して、「布団は押し入れにある。明日の仕事は八時からだよ。時間に遅れるな」と言って去っていった。三人はこげ茶色になって縁が破れて藁がはみ出している六畳間の押入を開けてみると真っ黒に汚れた布団が積んであった。

「こんな汚いフトンで寝るのはうんざりだな」

「ずいぶんクサイですよ」

陳クンは布団のにおいをかいで鼻をつまんだ。三人は近くの酒屋から焼酎を買ってきてのみ、近くの屋台でシナそばをたべると、あとは酔っぱらって寝るしかなかった。

翌日三人にあてがわれた仕事は、鉄くずを手押し車に積み、クレーンの下にもっていって積み上げる作業だった。

上から降りてきた巨大な磁石が鉄片をすいとり、移動して別の四角い箱のようなものの中にバサッと入れると、上からすさまじい勢いで落下してきた鉄の重石で押しつぶされ、下からキンツバ状の塊がとびだした。それを別の運搬車にのせて構内に運ぶ作業だった。

このキンツバを持ち上げて三人で運ぶ作業は重たくて参った。

構内で工員が鉄塊を受け取ると、リフトで山のように積み上げた。この塊がようするに溶鉱炉に投げ入れられる。

一週間の約束で労役を終えると工長が家で飯をくっていけと誘ってくれた。行ってみると、その家はみすぼらしい長屋の一角で、居間と狭い玄関しかなかった。みると六畳一間に親子五人と老父の六人が暮らしていた。三人が加わってちゃぶ台を囲むと隣の者のあぐらに自分のあぐらがあたるほどだった。工長はすっかり喜んでいてすでに酔っぱらっていた。そして飲め飲めと焼酎をひっきりなしに注いでくれた。

奥さんや長女らしい二人がかいがいしく料理を運んでちゃぶ台にならべると、すごく楽しい雰囲気になった。

「あんたがたみたいな大学出の方がなんでこんなとこで働くのかわかりもしやせんですが、世の中にはこういう貧乏もんもおることをこの機会に忘れんといておくんなさい」

と老父が言い、

「とにかくおどろいたでしょう。うちみたいな貧乏世帯を見て」とその娘らしい主婦が言った。

娘たちはまめまめしく料理を運んできた。

「堕落したブルジョワとちがってみなさんには真実があります」

何が真実なのかはわからないが、樽本が神妙にいった。

三人は遠慮なく箸をのばして料理を食い、焼酎のおかわりをした。

正夫が一生わすれないほど驚いたのはトイレである。厠《かわや》と言っていた。

六畳間にすぐ接した引き戸をあけると廊下という部分がないから主人の小便のほとばしる音が食事の部屋までかすかに聞こえてきた。いくらなんでも普通の家なら廊下をへだてた一定の距離にトイレがあるはずだが、ここでは廊下もなく引き戸だけである。だが、この家の人たちはまったく違和感を感じないでいる。

世田谷に帰ってくると、ここはプチ・ブルジョワ的別世界だった。

「あの人たちはインド以下的労働というのかなあ」

と樽本はマルクス主義講座派の平野義太郎か山田盛太郎かどちらかの本に書いてあった言葉を思い出して言った。

「次は農村に行こう」

三人は地図をみて、埼玉県朝霞郡の辺りを選んだ。この辺りは大正末年、小作争議がさかんな地域だったから、なんらかの収穫があるだろうと思った。

池袋から私鉄に乗って数駅行くともう一望千里の青々とした田んぼだった。

駅を降りると、竹林や杉林があり、藁葺きの農家がぽつんぽつんと散在している完全な田舎だった。家畜の糞尿の匂いが鼻をつく。

農家の庭先に行って、東京から農村調査にきましたというと、どこの家もことわらず、まあまあと、縁側でお茶とオシンコを出してくれた。樽本が小作か自作かとか、作物の出来高などを聞いてメモを取った。農家の回答はどこもまあまあだった。

数軒まわったので、日が暮れるまでにどこか泊まる家を見つけねばならなかった。あまり格式のあるような農家は頼みづらかった。

夕焼けの道をあてどなく歩いていくと、小川で馬をあらっている二人の少年をみつけた。中学生くらいの兄が馬を小川に入れて背に水をかけブラシでこすっていた。小学生らしい弟は芦辺に座っていた。おりからの夕焼けを背景にして二人の少年のシルエットが絵画のように映った。

正夫が近づいてたずねた。

「立派な馬だね。これ君たちのうちの馬」

「そうだよ。かわいいやつさ」

「レンというんだよ」と弟のほうが言った。

三人は岸辺に座って少年二人と対話した。兄は十四歳で茂男といい、弟は十歳で武男と名乗った。兄弟だけで暮らしているという。

「母さんは去年結核で亡くなった。四年も寝ていたんだ。父さんは小作争議をやったとき傷害事件を起こして、もう何か月も刑務所に入っている」

「では君たちで農業をやっているの」

「やってないよ。できないからな。だけどこのレンが稼いでくれるのさ」と兄が得意そうに馬の背を叩いて言った。

「レンは二歳の牝馬で力が強いから農家に貸し出せばお礼をもらえるんだ」

「レンがうちに来たときは一メートルくらいの子馬だったのに、こんなに大きくなって僕たちを養ってくれる」と弟がほこらしげに言った。

「この辺に泊めてくれそうな農家があるかな」

「たのめばどこも泊めてくれるけど、うちでよければ兄さんたち泊まっていってもいいよ」

「部屋は広いから何日だってかまわないよ」弟のほうがうれしそうに言った。

「ではそうするか」

レンを曳いて五人が夕焼けに染まった土手の道をしばらく行くと、藁葺きのあばら家があり、そこが少年たちの家だった。

「ひどい家だけどレンの馬屋だけは特別待遇さ」と兄がレンを馬屋につないだ。馬屋には藁ではなく真新しいおがくずが敷いてあった。

「レンは藁よりおがくずがすきなんだよ。だから近くの木工所からもらってきて敷いているのさ」

弟が人参を与えるとレンはヒヒーンといないて歯をむき出してパクッと一のみした。

部屋には小作組合のスローガンを描いたポスターが剥がれ落ちそうになって貼ってあった。

「兄さんたちが来たから飯をたくさんたくよ」、と茂男が釜に慣れた手付きでコメと麦をいれてとぎ、かまどに火をつけた。

「おかずはアジの干物とオシンコだよ」

「この辺に酒屋はあるかい」

「あるよ、自転車に乗っていきな」

樽本が焼酎を買ってかえってくると、隣のおばさんが煮物とお漬物をもってきた。

おばさんは、「お客さんが来てるとは知らんかった。あとでもっと持ってくるよ」といってもどっていった。

兄の茂男は未成年者だが、焼酎を少し飲んで酔っぱらったと言ってねそべってしまった。

そしていつのまにかいなくなった。

「どこに行ったのか」と正夫が心配して聞くと、武男は「レンと一緒に寝ているよ」と言った。

馬屋でレンが横になっており、その背によりそって茂男が寝ていた。

「おい、大丈夫か。レンにふみつぶされるなよ」

「大丈夫だよ。レンは立って寝ないで脚を折り曲げて寝るんだ。背中はすごくあったかいんだ」

翌日、三人は周辺の農家を回って聞き取りをした。ほとんどが零細な小作人で、陸稲かサツマイモ、夏場は都会がちかいので甜瓜やスイカなどをつくっているという。作物の単価がさがってもうからないので、市場にもださないという家が多かった。

帰ってきて、茂男と武男に学校に通っているのかと聞くと、二人とも前は通っていたが、今は通っていないという。先生が何度もきて学校にくるように親を説得したが、父親は、ブルジョア教育なんか受けないほうがいい、と先生を突き放していたらしい。

「夏はこの辺はみんなスイカつくりだよ。ぼくらは夜、スイカ泥棒を見張る役をしてスイカを一つもらうんだ。それ以外に割れているのをだまってもいでくるのさ。クソがあかくなるほどスイカを毎日たべた。もしまたくるなら夏がいいよ」

この程度で農村調査といえるかどうかわからなかったが、五日ほどして世田谷に帰ってくるとさすがに、三人はほっとした気持ちになった。

学校に行かない二人の少年のことがどうしても気になった。

しばらく休んでから今度は漁業だということになったが、いったいどこにつてがあるのかわからなかった。

「ある！　キクの家が北陸の網元じゃないか。キクにたのめばいい」

キクに言うと、そろそろ鰊漁がはじまるから、みてきたらいいと言った。

三人は長野経由で北陸に出て富山県の小さな漁港に行った。浜善というキクの実家はすぐわかった。ヒノキ造りの瓦葺の屋根だから、断然、付近の家とはちがっていた。

「なんでこんな大きな家の娘が女中なんかに来たんだ」

「浜の仕事はしたくないから東京に逃げてきた。給料はいらないが月二回の休みに浅草六区の活動写真とかレビュウをみたいからというのが条件だったそうな」

「一本建ての活動と二本立ての活動合計三本、ときどきレビュウをみるのが彼女の人生における最大の楽しみだというわけか」

浜善の座敷に通されると、主人が出てきた。昼間から酒が入っており、三人にも茶碗酒が出た。

「ちょうど今は大漁で浜はえらいにぎわいです。うまい時期にきなんさった。ともかく忙しいもんだからあまりおかまいはできんがしばらくここにおらっさい」

翌日浜に行くと大漁旗をおし建てた船が続々と入港してきた。

数人の威勢のいい漁夫がソーラン節を歌いながら網棒でどんどん鰊をすくって岸にほうりだした。たちまち鰊の山ができ、遠くに勢いよく投げた鰊が浜一面に散らばった。

岡まわりという船にのらずに岡で仕事をする漁師や臨時雇いの男たちが鰊をどんどん箱に詰め

て浜善の蔵に運んだ。三人はこの作業を手伝った。

子どもたちは先に針をつけた竹の棒で落ちている鰊をひっかけて背中のかごに入れ、我が家にもちかえる。積んでいる山からとると叱られるが、端っこにとびちったのはかまわない。勢い余って遠くにとんだ魚は誰も拾わず、猫がくわえていく。

鰊は鮮度がいのちである。春先、卵を産むために大量に近海に押し寄せた鰊たちは網ですくいとられ、蔵の中で数日寝かされたのち、作業場で腹をきられて、はらわたと数の子と白子を除かれたあと、何十尾かが藁でくくられて二週間ほど干されると身欠き鰊になる。

作業場は戦場のようにワンワンしていた。タスキをかけた老若の女たちがものすごいスピードで次々に持ち込まれる鰊の腹をさいていた。

一日で九千尾という鰊を処理しなければならないから、怒鳴り声や甲高い声が飛び交う。一方では身欠き鰊を雑役夫たちが黙々と発送の箱詰めをしていた。

「みていると目が回りそうだ」と陳クンが言った。

「わが国ではこんなにたくさんの魚の山を見たことがない。だいいち中国語には鰊という言葉がない」と言った。

臨時雇いの男たちは仕事をおえると、二階の大広間でのんだくれ、民謡をうたって踊ったり、怒鳴ったりして騒ぎまくっていた。

みだらな中年の女が酔っぱらって下半身をまるだしにして踊っていた。女たちで現地妻になっている者が少なくないという話だ。

三人は浜に出て蟹の穴をほじくりながら話し合った。

「とにかく違う世界だな」

「資源の略奪産業だよ」

「京浜工業地帯や朝霞郡とは違った表現をしなけりゃならないな。漁師とはどういう存在なのか定義づけがむずかしい」と樽本は首をひねった。

三人は一週間滞在してミガキ鰊の土産をどっさり背負って東京にもどった。

時造の青春

時造は熊本の田舎の少年としては、とびぬけて優秀さを示した。小学校の尋常科を卒業して高等科にすすむと代用教員をつとめるようになった。

少年時代に描いていた夢は中学を卒業して長崎の商業高等専門学校に入ることだったが、もっと夢をふくらまし、東京のマーキュリーの校章の商科大学に入ってロンドンのシティで世界を相手に貿易する夢だった。しかし父親が米相場に失敗して家が傾いたので、中学に入れなくなり、商業学校に進むしかなくなった。

父がせめてしてくれたことは、熊本で間借りすると金がかかるから、家から通うために自転車を買ってくれたことだった。

時造はそれをこいで四年間、雨の日も風の日も三里の道を通い、田舎道を時速四十キロ近い猛スピードで漕いでいる間に毎日十語の英単語を覚えることを自らに課した馬鹿まじめ。商業学校三年目にはニューヨークタイムズをなんとか読めるほどになった。

常に学年で一番を示し、卒業時には卒業生総代に選ばれるはずだったが、豪雨で白川が増水したときは渡し船がでなくなって欠席せざるをえず、そのために四年間無遅刻無欠席という条件をクリアできなかったので総代を次点の者に譲らざるを得なかった。

しかし、M物産がシナ修業生制度をはじめ、全国から不遇な秀才を拾い上げる制度を始めたので、時造は校長の推薦を受けて、見事試験に合格したことはすでに述べた。

時造は北京書院時代、青春のよろこびを満喫した。

十八才のまだ稚気の抜けない時期で、しかも場所が外国だったから九人の仲間と一心同体になって学んだり騒いだりした。本来十人採用したのに一人が直前になって家業を継ぐために辞退したので九人だった。

授業は毎日、語学の座学は二時間で、あとは中国事情だとか貿易業務だとかを教えられた。三時になるとまるまる自由で、各自は急就編という中国語の単語を網羅したポケットサイズのテキストをもって街に出て中国人の子どもや大人の誰それに話しかけて毎日十語以上を覚えてこいという教育だった。

時造は語学の才があったからみるみる上達し、ネイティブな話し方ができるようになった。北京に三年いる間に、修業生たちは中国社会のいろいろな側面に積極的に接触して理解を深めることに励んだ。

時造は四人の仲間としばしば田舎に出かけていった。そこは時造が育った熊本のやさしい里山とはまるで自然が異なっていた。地平線が見えるほど大地が広く、樹木は少なく、麦畑や高粱《こーりやん》畑やとうもろこし畑がどこまでもつづき、一色刷りの世界だった。

農家はほとんど、内地の農家とはくらべものにならないほど貧しく、どろで壁をつくり、屋根は高粱の茎で葺いていた。子豚や鶏は放し飼いで勝手にえさをついばんでいた。

家に入ると、欠けた茶碗に茶を淹れてくれた。男が足で漕ぐ木製の汲み取り装置で数メートル下の小川から水をくみ上げていた。この程度の汲み上げ水量では周辺の畑一面に灌漑するとなると男の足は疲労でどうかなってしまうのではないかと思われた。

掘っ建て小屋の中で小さなロバがぐるぐる回りながら石臼を引いていた。

北支那農業要覧という満鉄の調査部がつくった資料によると、河北省の農民は約三千万人、地主はすくなく零細な自作農、小作農が多い。

一農家あたり平均面積は内地より広いが、収穫はすくなく、ほとんどの農家は自家の消費する分に多少の余剰しか作れないから食糧の出回りが低い。これは家畜と人間の糞尿しか肥料を施さないから土地がやせ衰えてしまっているというのが定説である。

時造たちが蝗害《こうがい》がひどい地域に行ってみると、その地域の空にまっ茶色の雲が現われ、農民たちが大きな麻布の帆のような団扇をふりまわして必死に叫び声をあげてバッタを追い払っていた。

しかし、しょせん無駄に終わり、バッタはバサバサバサと小麦畑に舞い降りると小麦の穂や葉にたかって食いだした。そのかじる音がガサガサガサと聞こえ、みるみる植物の身も葉も茎もなくなってゆく。

こんな恐ろしい光景は見たことがなかった。足元の地面一面に疲れて飛べなくなった背の青いバッタや茶色のバッタが這いつくばり、足で踏みつぶして歩くしかなかった。

ひとたびこれにやられると農家は丸裸になる。時造たちはこの光景をみて息をのむしかなかった。華北の農村の印象は貧しいの一言につきるが、卒業時に長江を越えて広東まで行ったときは、緑が濃くなり、かなり日本の風景に似たところがあった。

地域によってえらく違うものだと実感した。

漢口支店時代、時造は小麦粉貿易に携わり、自分をかえりみて他の日本人よりも中国人に対する違和感や嫌悪感が少ないと感じていた。というより違いをあまり感じなかった。

しかしわからないこともある。漢口に出張したとき、かつて略奪に遭った自分の家に寄ってみたことがあった。家は残っていたが、家の中の材木の部分や窓ガラスは何一つ残っておらず、庭の敷石まではぎとられてなくなっていた。

長年同じ経験をしてきた先輩は、彼らは身体的な危害は加えない。悪い奴が先頭にいたかもしれないが、もっていった大部分がごく普通の近所の人だと言った。盗ってもとがめられない物はもらっておき、都合がよければ返す。そのあっけらかんな部分を時造はあまりにくいとはおもわなかった。

昭和三年四月、中国の北伐軍が満洲に向かって北上してきたとき、田中内閣は一万五千の兵を出して北上を阻止し、北伐軍と衝突するとやにわに済南城を占領し、中国側は五千名の死傷者をだした。

この事件以来、中国人の反日感情が燃え上がっていたが、時造はこれは満洲にいかせないための措置で日本側のほうが悪辣だと感じていた。

時造は学校で政治や思想などというものを学んだことはない。商業学校ではそういうことは教えない。だから自分が感じたとおりに信じるしかない。だから大学出のインテリのように世界経済や時局のことを自分の国に都合よく曲げて解釈したり、大言壮語して論じるようなことはなかった。

樽本忠太郎の講演

樽本が東京商工会議所主催の企業懇談会の講師にえらばれ、晴れの舞台に立つことになった。最初は高遠誠二に依頼があったのだが、誠二は面倒がって弟子の樽本にやってみろとふったのである。

樽本は二百人もの聴衆を前にしゃべる機会が迫ってくると、だんだん自信をなくしてしまった。相手は学生ではなく、かなり大どころの経営者やエリート社員もくるだろうから、彼らのプロ性に負けないためには、学問的に筋道が立って説得的であることを言わないといけない。

しかし自分は実業の経験もなく、ただ高遠誠二の経済学のゼミの学生にすぎない。

とうとう、自信ないですよと誠二に泣きつくと、誠二は、企業家の連中なんて学問はわからない、ドイツのことなど聞いたこともあるまい。向こうが知らんことをとうとうとぶってごまかせばいいんだ、と励ました。

樽本は必死になって向井鹿松教授の講義ノートを参照し、これでいくことにした。

樽本の講演を聴きに、枝里子、幹夫夫妻、時造夫妻、正夫、誠二の娘二人が東京会館に行くと、入口に二人の講師名が大きく貼り出されていた。樽本の演題は「企業の合理化と統制経済」。肩書は、経済学博士高遠誠二先生推薦の新進の若手経済学者と書いてあった。もう一人の講師の演題は「対支非常時に何をなすべきか」とあり、内閣顧問という肩書がついていた。

枝里子たちは会場の真中辺の席にすわった。会場は満員でひといきれでむんむんしていた。

最初の講師の話は、最近南支を視察してきた帰朝談で、シナはいたるところで日貨排斥、反日侮日の暴論が傍若無人に高まり、実にけしからん、ということから始まり、満洲にはいまどんどんシナ人が流入してやがて三千万に達する勢いである。満鉄線を妨害するかたちで米国から資本を入れて平行線を敷設し葫蘆島までつなげようとしている。これが完成すれば満鉄は採算がとれずに敗退の他なくなる。

満洲はわが軍将兵十万が命を捧げ、おびただしい国費を費やしてやっと南満鉄道と関東州を手に入れた。ここでいたずらに日シ親善などと言っていたら、どんどん食われていくだけである。ここで断固たる措置にでるべきである、と声を荒げ、卓をたたいて終わった。

時造は聞いていて、あまりにも一方的なので不愉快だったが、内容がなんとなく田中上奏文に似ているので、おそらくこれは出所がおなじではないかと思った。

五分間の休憩のあと、いよいよ樽本が登壇した。

司会者が「エー、樽本先生はまだお若いにも関わらず、東京帝国大学大学院の新進学者でありまして、その研究は今後の企業経営はいかなる方向に向かうのか、これまで聞いたこともない斬新にして気鋭なご意見を発表されます。企業関係の皆さん大いに耳を傾けてお聞きください」と大げさに紹介し、樽本は登壇してペコリと頭を下げた。

演壇を前にしているから、樽本の足がガクガクしているのは客席からは見えないが、樽本は演台の縁を必死でつかんで支えていた。

冒頭は、今後の資本主義の行方は大幅に変わり、自由貿易から計画経済の方向に移行せざるをえないというゾンバルトの説を紹介したのち、いままでのような自由勝手な経営は行き詰まり、合理的な経営に切り替えなくてはなりませんと強調した。そのとき、会場から野次がとんできた。

「自由勝手とはなんだ、もうけるために皆商売を一生懸命やったんだ」

樽本は聞き流せばいいものを、反論した。

「大戦中は皆さんは大いにもうけられたと存じます。何しろ交戦国は軍需物資の調達に困っていたので、粗悪品といわれようとなんだろうと買ってくれた。それで二級工業国は、しないでもいい値下げ競争をしながら大いに売りまくった。国は通貨を垂れ流しにしたので戦争が終わった時、鈴木商店がつぶれ、金融恐慌になった。しかし、皆さんは誰一人として責任をとらない。これからは企業の経営は専門家を育てて合理的にやる所有と経営の分離が必要です」

「粗悪品とはなんだ。どこの会社が粗悪品をうったのか会社名を言え」と向かって左隅にいる男が強力な野次の発言者だった。

「所有と経営の分離というのはていのいい言いぐさで、ようするに今までの事業家は経営から手をひけというんだろ」と近くにいる別の男がどなった。

会場は野次が飛び交いガヤガヤと騒がしくなった。しかし、別の野次がとんだ。

「野次らないでよく話を聞け！　あほな経営をやったから、今のような不景気になったんだ」

「そうだ。財閥はべらぼうな配当をもらってもうけにもうけて、相続税でまたもうけている」

司会者が声をあげた。

「皆さん、講演というものはかならずしも耳に快いものばかりではありません。樽本先生のように直情径行で言われる人は勇気のある方です。よく聞いてください。あまり野次を言う方は退場していただきます」

樽本はかえって肝がすわってきて、経営合理化論に移った。

「皆さんのような企業は機械をいれたりしますから、だんだん固定費が多くなってきますでしょ。だからそれをカバーする利益をあげないといけない。それにはどうするか。いちばんいいのは大量生産をすることです。そうすると経費が二割、三割、最高で五割も下がるから利潤がふえます」

「そんなことは知っとる！」

「だが、大量生産すると在庫が増えて、売りさばけなくなる」

「だんだん商品の質をあげて、全国津々浦々まで売れるようにすれば、在庫ははけますよ」

「そんなに簡単にいくかよ」

「よく最後まで聞いてください」と言って樽本は基本的な合理化の説明に入った。

まず個別企業は工程の各要素を分析して、無駄なことをしていないか。どの作業員がやっても同じようにできる標準化ができているか。もたもたしないで機械を稼働させることができるか。そして人手を減らし自動化の段階にもっていく。

例としてテーラーシステムやフォードの大量生産システムを説明した。

「要するに作業を『型』化します。労働を単純化、簡単化、組織化します」

ここでまた野次が起こった。

「お前は見てきたようなことを言うが、アメリカではな、程度の低い労働者が多いんだ。だから数もろくに読めんような者でもすぐできる仕事にしただけさ。日本人は利口だから、そこまでしないでもいいんだ」

「黙って聞け」と別の野次がとんだ。

「以上は、作業上のことを申し上げましたが、経営の合理化は、組織の構成要素である人・物・その作業職能の分析を行なって、無駄なことを複数の人がだぶって行なっていないか。ああだ、こおだ、と意見が分裂していないか。きちんと責任をもってきめる人がいるかいないか。最適の決定をどうしたら行なえるか、これも経営の『型』化です。三つ目は、『産業の合理化』です。個別の企業のなかで合理化をやるのもいいですが、業界全体で、統一的な基準をつくって同じ類型の部品や基本材料などを規格化します。すると、同じ規格の部品は大量生産が可能になり、コストが下がってきます。そして製品を安くたくさん販売できる。すると消費がのびてさらにコストが下がる。好循環が起こる。これはいわば産業全体の『型』化です」

会場はだんだん静かになって、傾聴するようになった。

しかし、最後になってまたもや騒がしくなった。

樽本が、「アメリカの恐慌の影響をうけてからは、今、大抵の業界団体はカルテルをつくって、価格を維持し、一息ついているが、だんだんこれだけでは収まらなくなり、特定の産業部門が国有や公有になる。免許制度、助成制度、公共の利益を害する営業の停止、許可制、認可制になり、配当を制限する法律ができ、企業団体を管掌する指導官が必要になる。これが統制経済制度です。

ドイツでは早くからこれが行なわれ『公益は私益に優先する』が指導理念になっています」と結論を言ったとき、会場の一角から怒声があがった。

「それはアカの思想ではないか。ソ連と同じだ。資本主義は自由に行なうから資本主義だ。役人がいばりだしたら、商売はやっていけなくなる」

「商売は商売人にまかせることだ」

「それでも得するのはやはり財閥だ。官僚は財閥と甘い汁をすっている」

司会者が声をはり上げて言った。

「これで今日の講演会はお開きにします。皆さん、ご清聴ありがとうございました」

拍手が力強く起こり、半分以上の人が樽本の発言を認めたように見受けられた。

幹夫と時造が楽屋に行って、樽本の肩をたたいてはげました。

「樽本君、でかした。よく勇気をもっていった。褒めてやるよ」

「すみません。下手な講演で。聴衆をあまり刺激したりしたらいけないんですね」

「いいんだよ。前のやつなんか僕はものすごく反感をもって聞いていた。しかし、君の言うことにかなりの人がうなずいていたよ。わかる人だけわかってもらえばいいんだ」と時造は樽本を励ました。

枝里子は正夫と入り口で待っていて、樽本をみるなり言った。

「食べたい、それとも飲みたい？」

「両方だけど、今は食いたいですね」

「じゃあテンプラにするよ」

一同は円タクで西新橋の「天國」につけるつもりだったが、尾張町の四つ角で降りることにした。

「夜店をみていこうよ」と枝里子が言った。

松坂屋の前あたりからずっと裸電球をともした夜店が開いていて、西新橋辺りまでつらなっていた。食品店、バナナ、果物、地方の海産物店、ステッキを並べている店、メガネ屋、おもちゃ屋、女物の小物、やきもの、骨董店、掛け軸屋などさまざまで一軒一軒ひやかしてあるくと楽しい。おびただしい人たちがたかっていた。

今年大流行の歌謡曲が流れている。最初は二村定一の持ち歌だったが、東京行進曲がヒットしてからはエノケンのとぼけた持ち歌になっている。

〽俺は村中で一番　モボだといわれた男　うぬぼれのぼせて得意顔
東京は銀座へときた　そもそもその時のスタイル
青シャツに真っ赤なネクタイ　山高シャッポにロイド眼鏡
ダブダブなセーラのズボン～

「天國」の二階にあがって皆が足をのばした。

枝里子が「とても素敵だったよ。さあ、お腹いっぱい天丼を食べて頂戴」と言ったので、樽本は、うれしい、上天丼二人分いただいていいですかと言い、正夫が僕も食うからとりあえず四人分だな、と楽しい雰囲気になった。

ビールで乾杯し、ほどよい気分でもりあがった。

円タクにはちきれんばかりの人数が乗り込んで世田谷まで走らせた。

キクの青春

キクは月二回のおひまがまちどおしくてならなかった。

カレンダーに第一日曜日と第三日曜日に赤いマルをつけて、毎日新聞の広告をみて、今どこで何の活動をやっているかをみてさめると、前の晩からそわそわとしだし、髪をあらっておさげに結い、その日の朝は薄化粧をして、よそゆきの着物に赤い鼻緒の下駄といういでたちで、「奥様、いってまいります」と枝里子に挨拶してでかけていった。

枝里子は若い娘が一人で浅草六区あたりをうろうろしていれば、どんな悪い男に会うかもしれないので、どこのどんな活動写真館に行くのかを聞き、そこに行った証拠に広告ビラをもらってくるように義務づけ、夜八時までに必ず帰ってくるように命じた。

キクは同じ地元の同級生と浅草であって一緒に行動するから大丈夫です、アハハと笑って答えた。キクは小田急線で新宿まで出て、そこからまずは中央線で御茶ノ水駅に。そこから万世橋駅まで歩いて、地下鉄で浅草に向かう。浅草につく頃は十時半か十一時頃である。

六区はもうものすごい人出で、前の人の背に胸がつくくらいの密度で人の波が動いていた。

八つ目うなぎの店の前に、小学校の同級生だった上田民雄が待っていた。背が高いのですぐわかった。鳥打帽をかぶり、ジャンパーにピカピカの先の細い茶色の革靴を履いていた。

キクはすぐ革靴に目を落として「ヘエー、民雄がねえ、それいくらだった」と聞いた。

「買うのに一年貯金したんだ。えらく高かったぞ。へらないように歩いているんだ。ほれ、こんなふう」

と地面に足の裏をはりつけるような歩き方をしてみせた。

「バカ」

民雄は上野の鮨屋で寿司職人の見習いをしている。ゆくゆくは富山で店をひらくのだと胸をはっている。民雄はその時はキクと夫婦になることを勝手に夢見ていた。

いつもキクの方が金回りがいいから、早昼でおごる。うなぎ屋、天麩羅屋、ライスカレー屋、トンカツ店などはどこも人で満員だった。やっと空いているトンカツ店をみつけて入った。

民雄はメシを大盛にしてもらい、ガツガツと食べた。

「もうすこしゆっくり食えよ。東京はマナーというものがあるんだから」

「カレーライスも食いたい、ビフテキも食いたい。浅草にあるものは全部食いたい」

「あたしが映画はなんでもみたいのと同じね。寿司の握り方、少しはおぼえたの」

「富山は魚の本場だからネタはここよりずっと豊富、おれのほうがずっとくわしい」

それから、二人はまっすぐに日活の「東京行進曲」を観に行った。

そこにいくまでが大変だった。どこの映画館も呼び込みがすごい。呼子が幟を立てて道路で、声をからして自分の館に押し込もうとする。

「東京行進曲」はものすごい人気で二週続映していた。入り口で佐藤千夜子の歌が流れている。

〽昔恋しい　銀座の柳　仇な年増を　誰が知ろ
ジャズで踊って　リキュルで更けて　明けりゃダンサの涙雨〜

※日本音楽著作権協会（出）許諾第1906966—901号

館内は昼前だから多少空き席があるらしく、サービスガールが足元を懐中電灯で照らして空いた席に案内してくれた。席に二人並んで腰を下ろした。映画がはじまると、民雄が手をのばしてきてキクの手をにぎろうとした。キクはピシャリとその手を払いのけた。

二本目は、林長二郎主演の「鐺の権三」。

観終わってから、国際劇場そばのプロマイド屋でキクは十数枚のプロマイドを購入した。来月は松竹少女歌劇を見る楽しみで、主演女優のプロマイドだけで五枚も買った。ずいぶん時間をかけるので、民雄はいつもいらいらして待っていた。

そのあと、民雄が上野に行こうとさそい、飴屋横丁をぶらついた。ここの界隈は浅草とちがっていい。松坂屋を覗いたあと、民雄が駅前の甘味店でアンミツをおごってくれた。

民雄は人ごみのなかでズボンの下の勃起したものを押し付けてきて「ねえ、ホテルに行かないか」と耳元でささやいたが、キクはピシャリと民雄の頬を叩いて地下鉄の構内にすべりこんだ。「すけべ男」とつばを吐いてやりたかった。

七時頃に帰り着くと、枝里子に今日見た映画を興奮して話し、証拠の案内ビラを見せた。枝里子は「面白かったのか。よかったね」とほめてやった。

昭和五年、桃の節句がすぎた頃、時造の新しい任地が決まり、辞令が下りた。それは華北の天津支店だった。

天津支店の課長といえば、異例の出世である。時造は田舎の商業学校出の自分が三十三歳という若さで特筆すべき昇進となったことに信じられないほどの嬉しさを感じた。

天津は上海に次いで取引量の多い港である。いったい自分にこの大任が負えるだろうか。身を粉にしてでも、会社の恩顧にこたえねばならないと時造はもりもりと闘志をもやした。

枝里子は、時造の栄転は喜ぶべきだが、三歳の聡を連れ、なおりきらない喘息を抱えて再び空気の汚染した大陸に行く節子を思うと胸がいたんだ。

「大丈夫よ。二年に一度は里帰りするから。時造も夏休みにはひと月まるまる帰ってこいと言っているのよ」と節子は母をなだめた。

四月半ばすぎに時造は天津に発つことになったので、送別をかねて一家で高尾山に登って楽しい思い出をつくろうということになった。

高尾山

高尾山を選んだのは、昭和四年にケーブルカーが新設されたので、早速それに乗ってみたいというのが動機の半分だった。だが、山登りだから、麓からのぼらねばだめだぞ、と正一は念をおした。

前日の夕方、家じゅうが着るものはどうする、履くものはどうするで大はしゃぎになり、台所ではおにぎりやおべんとうづくりで忙しく、大きなおにぎりに梅干しやおかかを入れて海苔で巻き、十人分をつくった。これ以外にエビフライ、ハム、卵焼き、黒豆などのおかず、お菓子類、大きな魔法瓶を三本用意した。

一番年長者の正一がヤッケを押し入れから取り出して、ハンティング、登山靴といういでたちに身を固めると、どこの山男かと思うくらいに様になっていた。

枝里子は新婚時代、よく奥日光の戦場ヶ原や奥秩父の山をのぼった頃を思い出した。彼女は日よけ帽、スラックス姿に運動靴を履くとたちまち五十代が二十代にもどった気分になった。

幹夫はジャンパー姿に八ミリのカメラを肩にかけ、時造もニッカボッカーズスタイルで、リュックを背負って山歩き用のステッキをもった。

百合子、節子、誠二の娘の和子、育子たちは出がけからおしゃべりが止まらず、正夫、樽本、陳クンの男三人はまるで付き人だった。留守番は誠二の妻の春子と女中二人がひきうけた。

さあ、出発。十二人の大部隊がぞろぞろと豪徳寺駅にむかった。

高い石段を上った豪徳寺駅から高遠家が見える。すぐ見わけられるほどそれはユニークな建物だった。そしてはるかその向こうに雪を頂いた富士山が見えた。

新宿で省線に乗り換え、ゴトゴトと中央線で浅川まで行った。浅川から甲州街道を高尾山口の清滝まで歩く。左右にまだ緑になりきらない畠がひろがり、甘い土の匂いがプーンと風にのってきた。燕が直線や曲線を空に描いて飛びまわっていた。

高尾山口に着くと、蕎麦屋や土産物屋が軒をつらね、新設されたケーブルカー会社の改札は客たちがズラッと並んで、順番がくるまでかなり時間がかかるらしい。

山に登りにきた以上、登らなければだめだぞ、ケーブルカーは帰りだよ、という正一のリードで一同は登山道を登り始めた。

若い人たちはスタスタと先を歩いていき、姿が見えなくなった。正一と枝里子はさすがに足が重くなって途中でベンチに腰を下ろした。幹夫と時造は立ち止まって待ってくれた。枝里子に二人がしている会話がきれぎれに聞こえてきた。

「僕は糧秣を軍に納める仕事もしなければならなくなりますが、軍人さんとの交渉はいつも一苦労です。ビジネスライクというわけにはいきません」

「軍人はあまり世の中のことを知らないで、ただいばるからね」

「いばられることにはなれていますが――」

「いよいよ困ったら陸士の同期か陸大の同期かしかるべき奴がポストにいるだろうから、相談してください」

「義兄さんのような方がおられると心づよいです」

杉やヒノキの大木が天に沖して青空を狭く区切り、道の傍をちょろちょろと清流が流れていた。深山の気がひんやりと舞い下り、節子はオゾンをたっぷり含んだ空気をおいしく吸い込んだ。喘息は起こらなかった。

都心を離れて三時間しかたっていないにもかかわらず、ここはもう深山の雰囲気だった。

正一はだんだん息がくるしくなり、どっこらしょと二度目のベンチに座り込んだ。枝里子も並んで腰を下ろした。三人組の男たちと女たち三人が背を向けてどんどん先を歩いていくのが見えた。

やっと中腹の泉のわいているところにくると、大勢の登山客たちがそこに固まっていた。泉の水を飲む者、汗を拭く者、疲労で地上に座り込んでいる者たちがだんだん急勾配になる道をうらめしそうに見上げていた。

正一はへたばっている若い者をみて、自分のような年寄りがよくぞここまでこれたことを誇らしく感じた。枝里子も、大丈夫よ、さあ、休んだら一気に行きましょうと勇んで言ったのでほっとした。

国土安穏、霊気満山と大書した扁額の山門にたどりつくと、南無飯縄大権現と大書した碑が立っていた。そこから百八段の石段と普通の登山道に分かれている。百八段は百八の煩悩を表し、一段一段それを踏みこえて行くのが修行なのだと石碑に書いてある。

正一と枝里子は半分ほど上がった踊り場で立ち止まって、残りの数十段をうらめしそうに見上げた。元気を奮い起こしてのぼりきり、少し行くと蛸杉というのがあってその伝説が碑に書いてあった。

薬王院に着く。仁王門をくぐると天狗とカラス天狗の二像があった。陳クンは珍しがって、こんな像は中国にはありませんよ、といい、鼻の長いほうがオス、くちばしがあるほうがメスなのですかねと聞いた。まわりにいた人までその珍妙な発想に笑った。

大本堂からまた何段かの石段をのぼって飯縄権現堂でお賽銭をあげてからのだらだらした山道はいじわるでなかなか頂上に至らせない。

樽本と陳クンが正一と枝里子の腰を押してくれた。

頂上からの見晴らしは抜群だった。はるかに東京市のまちなみがみえ、その向こうに富士がくっきりと姿を現していた。

みなで新聞紙をひろげてまわりに座り、真中におにぎりとべんとうを広げた。山上でたべる味は格別だった。幹夫が一同の様子を八ミリ映写機で撮った。周りで登山客たちもめずらしそうにそれをみていた。

下りの森の中のルートは、体重が自然と重力の法則にかなって落ちていくから楽だった。

「木の根があるから足許に注意して」などと言いあう。おしゃべりが楽しい。やっと参道に出て、ケーブルカーの乗り場に着いた。

ホームで待っていると、トンネルの穴をくぐって斜めの車体が姿を現わした。どやどやと登山客が乗り込み満員になった。緑の木々の間を三十度の角度で降りていき、物の十数分で麓の清滝駅についた。登るときの苦労はなんだったのかと思うほどあっけなかった。

一同は名物の蕎麦屋で疲れをいやし、バスや電車を乗り継いで世田谷の家に帰り着いたのは、なんと夜の八時過ぎだった。

なんという楽しさだったのだろう。時造一家はやがて去っていく。枝里子はたのしかった正月を思い出しながら、もうこんな機会は二度と訪れないのではないか思うと、涙がにじんできた。

送別会

日曜日には、時造一家とのおわかれを惜しんで、親せきたちが集まった。

男たちは座敷で盛んに時局の雑談をした。

最近の出来事としては、今上天皇の即位式やオリンピックなどが盛大だったが、いちばんセンセーショナルだったのは世間をさわがせた田中義一内閣が総辞職し、その本人の田中首相が昭和四年九月にぽっくり狭心症で死んでしまったことだ。

田中首相が死んだ原因は、あれがたたったんでしょうと皆がいいあったのは、満洲某重大事件のことで天皇からひどく怒られたことだった。

田中が、あれは日本の軍人が起こした事件ですから軍法会議にかけて厳重に処断いたしますと天皇に上奏し、天皇はそれを了承した。

ところが、田中は軍の突き上げに遭い、実は監督上のてちがいがございまして、行政処分にとどめたく存じます、と天皇に再上奏したので、天皇は、いったいお前のいうことは前後矛盾していてわからないと叱責し、田中は二度と宮中に入れなくなったので、恐懼して内閣を投げ出したというのがおおかたの観察だった。

某重大事件というのは、昭和三年六月、張作霖が国民政府軍に敗けて故郷の満洲に引き揚げる途次、彼の乗った列車が満鉄線と交差する地点に達したときに爆破され、張がほどなく死んだ事件である。張の座席がある車輛が通過する時点にあわせて爆破させる技術は、日本の工兵でなければできるわけがないという噂がずっと流れていた。

ところが政府発表は、河本大佐が巡邏を中国兵にまかせていた職務怠慢による停職処分だった。世間ではこれだけ信憑性のある推測がでているのに、政府は世の中を馬鹿にしているにもほどがあると正夫は思った。これについてはどの新聞も抗議めいた記事はなかった。

枝里子の弟の今野龍吉が大阪からやってきた。龍吉は丁稚の頃から大阪で暮らしてきたので、関西弁が身についている。上等のトンビコートに桐の下駄ばき、ソフト帽、ステッキといういでたちで、正夫が玄関に出ると、ひとこと説教した。

「お前、けったいな本をよんでおらんやろな。有名な裁判官の息子やから世の中から余計な指弾をうけたら親の面汚しどころではすまなくなる。絶対にきいつけな」

正夫はこんな古臭い説教をするこの叔父がきらいで軽蔑していた。大阪のほうで青島とある商売をしているらしいが、いつも中国人を口ぎたなくののしる。

龍吉は「ご無沙汰しておりました」と早速、座敷にいた時造と幹夫の話題に加わり、最近、向こうに行ってきた話を自慢そうに話した。

「いやなんと奴らは勝手な反日排日ですよ。どこもかしこも排日侮日のポスターがべたべたと貼ってある。店頭では『日本貨不売』とあり、新聞も小学校の教科書もことごとく反日教育。喧嘩腰や。あっしらの商売はおかげであがったりです」

龍吉がたずさわっている雑貨輸出の貿易港は青島だが、青島は条約港に入っていない自開商埠地という理由で、輸出入税以外にやたらに税金を取られるという苦情をくどくどと述べたてた。

正夫は、この俗物の叔父をからかってやろうと思って、さきほどの満洲某大事件のことを持ち出してみた。

「おじさんはあの事件は誰がやったと思いますか」

「あれは張作霖と戦争していた南軍がやったことにきまっとる」

「新聞がちゃんとした解説記事を書かないから、われわれは想像を働かせて真実をつかむ以外にないんですよ。死んでいたのは便衣隊ではなく、前の晩に某日本守備隊の軍人が三人の浮浪者を日本人の風呂屋に連れてきて体を洗わせた後、便衣を着させて深夜あの現場に連れていき、いきなり短刀で刺して二人を殺し、一人は逃げた。事件が現地の新聞に出た後、風呂屋の主人が現場で死体をみたらまちがいなく自分の店に連れてこられた男だったのでおどろいて関東庁の警察に届けたので事が明るみに出たんですよ」と正夫は時造が仕入れてきたニュースを龍吉の顔をみながら言った。

龍吉は、「それは噂にすぎん」と言ったあとで、軍人ならどうこたえるのだろうかと幹夫に顔をむけた。

幹夫はこの事件は関東軍がやったことをとうに知っていた。それでぽつりと「軍人は謀略はしてはいかんのです」と言ったので、龍吉は黙ってしまい、時局の話はこれで終わりになり、あとは関西の景気の話や雑談になった。

若い人たちが座敷にどやどやと入ってきて、ゲームをはじめるのだから、さあ、どいてどいて、と男たちを追い立て始めた。

「これからジェスチャアをやるのよ。おじさんたちも加わるのよ」と恵と誠二の長女の和子がテキパキと座布団を広げて観客席をつくると、親戚たちがどやどやと部屋に集まってきた。

「今回は年齢別にグループ分けします。明治三十年生まれまでの人はこっち、三十年代はこの辺、四十年以降大正はこっちに座ってください。さあ座って座って」と恵が男たちを急き立てた。

明治二十年代生まれは正一、枝里子、龍吉、誠二が入る。幹夫、時造、百合子が三十年代、節子、正夫、樽本、陳が四十年代で、姪甥たちは大正である。樽本は童顔なので大正かと思ったら、手を挙げて「僕はかろうじて明治です」といったので、皆へエーという顔をした。

「こうしてみると明治三十年代が今の若手中堅なのだな」と正一は納得した。

「明治四十年代が二番手で、大正はまだ未成年です」と百合子が付け加えた。

ジェスチュア遊びは組み分けしてそれぞれの組が相手の組に演題を与える。

昔ならチャップリンとかキングコングとか阪妻などの単品ですませたが、いまではストーリーをつける。

まず若手組が老年組に出したのが、

「赤ちゃんをおんぶしたおねえちゃんが、赤ちゃんがお漏らしをしたので、お婆ちゃんといっしょにおむつを換えていると、そのおむつをカラスがくわえていってしまったので大慌て。お婆ちゃんが追っかけて行く途中で入れ歯を落としたり、メガネをおとしたりしてさあ大変という題」

正一がお姉ちゃん、龍吉が妹を演じて二つ折りにした座布団にみたてた赤ちゃんのおむつをかえるしぐさのおかしさで大笑いになった。

年寄り組は負けじと難題を若手組に吹っ掛けた。

「老夫婦がよいよいになって杖をつき、口をもぐもぐさせて言うが何を言っているのかわからず、夫婦が言い争い。とうとう箒とはたきをふるって喧嘩になってしまったところ、高勢実乗がでてきて、わしゃかなわんよ、と仲裁するという寸劇」

これは樽本と和子の名演技でなかなか見せた。

三番目は中年組の番。演題はゴリラの寛一お宮。幹夫が寛一、お宮が時造。首を前後にふりながら、やたらに胸をたたく雌ゴリラの時造のお宮を雄ゴリラの幹夫が蹴倒すシーンで、キクとタキまで覗きに来てみな笑い転げてしまった。

ジェスチャアがおわると、お寿司の差し入れが届いた。

男たちはビール、酒を飲み、女たちはおしゃべりで時のたつのを忘れた。龍吉から時造夫妻に餞別が出ておひらきになった。

Ⅱ　天津

中原公司

時造一家の天津赴任は、時造が先に発ち、節子が三歳の聡を連れて行くことになった。節子が妊娠しているので、枝里子は大事をとって正夫に同行させることにした。正夫は、はじめての外国行なのでとびあがって喜んだ。

夜行列車で発つ三人を枝里子と百合子が東京駅まで見送りに行った。

発車のベルが鳴って、汽車がでていくとき、節子は窓から顔を出して手を振った。

枝里子がハンカチを目にあてていると、百合子は、母さんは節子のことになると途端に泣き上戸になるけど節子は泣いていなかったわよと皮肉った。

正夫は、海の色が玄界灘の濃いブルーから勃海湾に入るとグリーンに変わり、塘沽港に入るときはミルクコーヒーの色になるのを見るのは初めての経験だった。

塘沽から天津まで約一時間の旅も窓からみえるのは地平線がみえる土色の大地で、家らしいものは駅の周辺に固まっているだけだった。この荒涼さはまったく内地とは雲泥の差だった。

天津駅に着くと時造が迎えにきていた。トランクを赤帽の車にのせていくと、ものすごい人波でもみくちゃにされ、ボーイたちが群がってきてトランクを奪おうとした。ちょっとでもそれを運んでチップをもらおうとする。赤帽の男がどなって彼らを追い払った。

やっと人ごみから解放され、表に待っていた社用の車に乗った。人間の多さがまるで内地とちがう。人間の束である。万国橋を渡るときは前を横切る自転車や通行人をブーブーと警笛をならして追い払うようにして進んだ。そしてやっと日本租界の須磨街の家に到着した。

この家は七、八軒の連結住宅のいちばん東寄りの端になっていて福縁里という路地を挟んで高い塀で囲まれた、張弧という親日政治家の大きな屋敷に向き合っていた。一階は玄関と十畳くらいの部屋が二つ、二階も同じような部屋が二間と小さな三畳間くらいの部屋がついていた。漆喰の壁と高い天井は蠅の糞で真っ黒だった。

これらのガランドウの部屋を清掃し、家具をいれて生活可能にするまでにはそうとう手間と時間がかかるだろうと思われ、枝里子が正夫をつけて出したのは、正解だった。

まだ黄昏前だったので、正夫が近所を散歩してみた。

家の前の通りは須磨街と名付けられ、車が二台すれちがいができる程度の幅で、連結住宅が七、八軒つらなり、一番西端の家には日曜学校の看板が出ていた。その隣がガソリンスタンドで、縦の宮島街と交差している。連結住宅の裏手は中国人が住んでいる連結住宅で、その間が狭い路地になっている。

隣家の李さんの奥さんが手伝いに来てくれた。李さん一家は夫妻と女の子二人、男の子一人の五人暮らし。日本語はペラペラで濁音の発音も日本人と同じだった。三年前に京城から引っ越してきたという。

李さんの奥さんは昼間はドイツ租界で洋裁店を開いていると聞いて、節子はすっかりうれしくなった。いの一番にシンガーミシンを買うのだというと、それなら中原公司までご一緒しましょうと約束してくれた。

家が片付くまで、近所の同じ会社の甲村さんが一部屋あけてくれてそこに一家が泊まり、正夫だけががらんどうの部屋にチッキで届いた布団を敷いて寝た。

翌日、節子は李さんと旭街の百貨店中原公司に行ってソファ、ダイニングテーブル、椅子、食器棚、絨毯、大鏡台、ワードローブ、シンガーミシンなどの注文をすませた。

中原公司というのは、香港と上海の金持ちが出資し、神戸の華僑が経営していたデパートで商品はほとんど欧米からの輸入品で高級品だった。日用品は主に日本製品だった。

和風の桐箪笥は、日本人の家具店に注文した。東京で使っていた衣類とか布団、食器類などがチッキで届いていた。

中原公司からぞくぞく家具が運び込まれ、節子と正夫と李さんがそれぞれ予定した位置に置かせるとみるみるハイカラな空間に変わった。

二階の二間は畳を入れることにし、日本人の畳職人が来て作業を始めた。

正夫はこの実直そうな五十年配の職人と仲良くなった。

「日本租界では日本人の家がおおいでしょうから畳屋さんの商売がなりたつんですね」

「たいていのお宅は一間は畳を入れています」

「内地の畳とすこしちがいますね。京畳の大きさですか」

「おっしゃる通り京畳の寸法で、厚さも薄くしてあります。部屋の寸法がまちまちですからそれに合わせて切り張りします。」

「畳の材料は内地からとりよせるのですか」

「天津にも稲田がありますから、こちらで十分間に合います」

正夫が「おじさんはいつからこの天津にこられたのですか」と聞くと、なんと十五年前に来て畳屋を始めたというので驚いた。

「へえー、驚きました。そんな方がおられるとは」

「おそらく私は天津でいちばん長いです。しかし、本当は、それより十五年前の義和団事件の時に、一兵卒としてここに参りました。それ以来天津がぞっこんすきになって、天津で畳屋がやれると聞いて岡山の畳職をたたんでやってきました」

正夫は、義和団事件といわれてもすぐわからなかったが、目の前にこんな歴史の生き証人がいることにすっかり興奮した。

正夫は何回も中原公司と行き来しているうちに、天津のどんなところに行っても中原公司の塔はみえるから、それを目指して歩けば、須磨街の家に帰ることができると思って、まず日本租界をくまなく歩いてみた。それぞれの通りに日本の名所の名がつけられていた。

一番にぎやかなメインストリートが旭街で、いわば銀座である。中原公司はこの通りにある。この通りはフランス租界、イギリス租界に通じている幹線通りである。日本租界の北は海河が流れ、駆逐艦や中型船なら接岸できる埠頭があり、倉庫群がならんでいる。その後ろ一帯が会社街になっており、時造のM洋行もこのあたりにあるらしい。

租界の真ん中辺に天津神社と公園、居留民団クラブがある。租界内の大きな建物は陸軍武官府、領事館、民団、海軍武官室、日本人小学校、女学校などで、それ以外は住宅で日本人と中国人が混住している。

日本租界の向こうは南市という中国街だった。正夫がそこに行ってみると、えらい喧騒な巷で、店舗が猥雑に連なり、いたるところの路傍にアンペラをひろげた屋台で貧しいなりの子どもが盗品か廃品かわからない雑品を売っていた。

東西南北に大きな十字路があり、交わったところに鼓楼があった。帰ってきて、そのことを畳屋に言うと、よくまあそこまで行きましたね、普通の日本人はよう行きませんと感心し、十字路はお城の中の構造ですと説明してくれた。

李さんがメイドの採用を手伝ってくれた。節子は自分の乳が十分でないことを心配して、乳房の発達した三十歳ほどのアマを雇った。アマは喜んで、自分の夫もついでに雇ってくれと言い出した。もと外国人の家にやとわれていたから洋食のつくりかたはお手の物だという。

結局、アマのいいなりになって、使用人一家が子ども三人と老母をつれて引っ越してきた。

彼らは半分ほど地上にせりあがった半地下室の床をあげてアンペラを敷いて住むようになった。老母が死んだときのための大きな棺桶まで運んできて石炭置き場に置いていた。

とにかく住居が落ち着いたので、正夫が帰るまでに、日曜日に一家で外国租界の見物に行った。家の前でチョウピーとよばれている人力車を呼ぶと何台もワッと集まってきた。

この中から若くて元気のありそうな車夫を選んで、時造と聡、赤ん坊を抱いた節子、正夫の三組が連なって走った。ところが、正夫が乗った車の車夫は中年者だったので、はあはあと息をきらしはじめ、歩き出す始末だった。正夫は車から下りてゆっくり歩けと言った。まさか俺が曳くからお前が乗れとまでは言わなかった。

前の車が待ってくれたので何とかフランス租界にたどりつくことができた。

下りたところは最繁華な十字路のど真ん中で、七階建てのデパートである勧業場が目の前に聳え立っていた。

その向かいは交通旅館と竜泉浴場、恵中飯店、浙江興亜銀行などが高さを競い、いろいろな事務所や開業医などがごたごた入った共同ビル、大劇場などが連なっていた。

目の届くかぎり、料理店、ファッション店、金物店、服装店、茶店、帽子店、靴店、時計店、書店などの看板が重なって視界に飛び込んできた。

七階建てビルの壁面全部をつかった外国煙草の特大広告にはきもをつぶした。

おびただしい人の波が押し寄せていた。がなり立てる街頭放送、交通整理の巡査がならすピーピーいう笛。歩道いっぱいにちらばる煙草の吸殻とゴミ。東京の銀座などとはけた違いに猥雑でどはずれた活力に満ちていた。

天津一の規模を誇るデパートである勧業場は中原公司よりずっと大きい。ファッション、帽子、靴、金銀装飾品、宝石類、骨董、書画など高級品の売り場が目立つ。

このビルに接して三階建ての天祥市場がある。中に入るとまるで迷路に迷い込んだようである。店舗の多様さ、雑多さ。衣服、雑貨、食品、果物、自転車、大工道具、工具類、装飾品、小間物、骨董品などありとあらゆる商品をならべた店が目白押しに並んでいる。ここは泥棒市場の別名があり、盗難に遭った人はすぐここに来て盗品が出品されていないかを調べるそうだ。自転車などは一晩のうちに部品をつけかえてしまうからわからないという。

この市場は到底奥まで見尽くせない悪魔的な迷路である。

「迷子になったら探すことはできないわよ」と節子は聡の手をにぎって離さず、正夫にもあまりはなれて歩かないで、と注意した。

道路を挟んだ向かい側にはこの天祥とほぼ同規模の泰康商場がある。したがってこの一帯は天津最大の消費の中心地で、こんなに重層化した複雑な都会はない。

チョウピーを三台つかまえて、イギリス租界に行く。ここに来ると、がらりと変わって、ロンドンの街の一角に立ったかのようだ。

シーンと静まり返った大型のショーウインドウの店は中で何を売っているかわからない。書店で時造はゴルフ雑誌、節子はファッション雑誌を買った。すべて英文である。

マロニエの並木道を歩いていくといつのまにかドイツ租界に入り、話題のキスリンに行った。

この店は天津随一の高級洋食店で一階の入り口にはチョコレートの犬だの熊だのがあり、アイスクリーム、ケーキなど子どもたちの目を奪う商品が並んでいる。

店内にはマホガニイのテーブルと最上等の背もたれの椅子がならび、その豪華さはヨーロッパの一流店を思わせる。

時造は、正夫は中国料理はたべあきただろうということでステーキを注文した。真っ白な制服をきたウエーターが手際よくテーブルに皿やナイフ、フォークなどを並べ、やがてシェフがステーキの焼き加減を示したものを車に乗せて見せにきた。それぞれミディアムとかレアとかを頼んだ。食べきれないほどの量のビフテキを食べたあと、三色のアイスクリームを注文した。

これもたべきれないほどの量である。

目の届く先のテーブルにフランス人らしい一家が席についた。目の覚めるようなファッションとつばひろの帽子をかぶった金髪の若い女性の姿を節子はちらちらと盗み見しながら、自分もあのくらいに身を飾りたいと思った。

天津金満家八大家

正夫は最後の暇つぶしに中原公司の上階にある映画館にディズニーのアニメを見に行った。見終わった後、五階に行ってみると、騒々しい音曲がガンガンと鳴っている小劇場があった。騒々しい音曲はどうやらオペラのようなものをやっているらしい。演劇好きの正夫は早速チケットを買って入ってみた。かなり満員で独特の汗臭い匂いと煙草の煙でムンムンしていた。

舞台のつくりは、豪邸で、太った億万長者が饒舌に喋りながら、歌いながら、踊りながら一人演技をやっていた。

とびきり上等の繻子の上着を着て、ダブダブのスカートのような下袴を履いている。かかとのない布靴の足を大きく挙げてみせたり、両手を振り回したり、くるりと後ろを向いたかと思うと、にやりと笑ったりして観客を笑わせた。

自分は商売に成功して大金持ちになった、どうだ、偉いんだぞ、ということをさかんにアピールしている圧巻の演技である。

舞台が回ると、外国軍の軍服を着た将官たちが略奪品をオークションしている場面になった。次々に兵隊たちが略奪した物品をもちこんでくる。ロンドンからはるばる出張してきたらしいイギリスの古物商がそれらに二束三文の値段をつける。こんな駄物はいらねえ、もちかえれ、と突っ返す。

それを端っこのほうで待っている古物商銭大鈞が引き受ける。

「さあさ、なんでも持ってきな。代わりに古銭をやるぞ。この古銭はお前らの国よりも歴史が古い。国に帰って売れば大した金になるぞ。ほらどうだね。耳にぶら下げたらイヤリングにもなるさ。お前さんのいとしいねえちゃんのお土産になるぜ。さあさ、どうだね」

と饒舌にしゃべりまくりながら貰いとっている。

舞台がふたたび回ると、天津城の城壁をバックに登場したのは、いかめしい軍服の白人の最高司令官で、手に札束を持っている。その前でひれ伏してへいこらしているのが先ほどの古物商銭大鈞。

「貴様はさんざん略奪品で儲けたそうではないか。古銭でだまし、十倍以上で売るとは言語道断、詐欺罪として軍法裁判にかけるぞ」

正夫は中国語はわからないが、たとえばこのように軍司令官が脅かしているのだと推定した。

最高司令官はさっきから高い鼻をつまんでいる。指さす方向に死体が散乱している。

「鼻が曲がるようなくささだ。真夏の炎天。城内外の死体はうじで白くなり、どろどろに腐る寸前。苦力をやとって片付けるにもみなこわがって逃げてしまって集まらん。どうだ。お前、この死体片づけをしたらしこたまもうけさせてやるぞ」と軍司令官は言ったらしくて銭大鈞の前に札束を見せつけた。

次の場面は影絵になり、苦力たちが台車に死体をのせて運び、死体の上に材木を積み上げて火を放つ。ごうごうと燃えさかる劫火。ジャジャジャーンとドラの音曲が高まる。

舞台が回って今度は天津城を背景に軍司令官と古物商銭大鈞。軍司令官が命令する。

「今度は大仕事だ。この天津城を取り崩してレンガを海河沿いの沼地に埋めるのだ。ゆるされる時間はXか月。これをやったらお前にはわが軍が接収した銀塊の半分をくれてやろう」

「Xか月とはとんでもない。わしにはとうていそんな大工事は……」

「さんざもうけさせてやったのにその恩義がわからぬのか」

と司令官は銭大鈞を足蹴りにした。

場面が変わり、銭大鈞は故郷の山東省の農村で苦力たちを集めている。

次の舞台では苦力三千人が天津城の城壁の取り壊し作業をはじめている。

怒った天津市民たちは、「由緒ある天津城を取り壊すとは何事か！」と旗や幟をたてて反対のデモを展開する。

銭大鈞はデモの群衆をものともせず作業をしゃにむに進めていく。苦力たちは無数のロバの車に大きなレンガをのせて沼地に運び、どんどん埋め立てはじめる。

こうして天津城はあとかたもなくなった！

城壁から租界が攻撃される心配はなくなった！

沼地は立派なメインストリートに生まれ変わり、その上をベルギーの会社の市内電車が通るようになった。

最後の場面は、八人のそれぞれ威厳と福相のある天津の金満家八大家族の主たちが銭大鈞をとり囲んでいる。

「お前の如き悪党は我々のように勤勉節制を旨として成功した者とは異なる、控えろ」

と指弾し、市民たちは由緒ある天津城を取り壊して儲けた極道者銭大鈞に唾をひっかけ、石を投げつける。

フィナーレの音曲がなりひびき、ドラが高鳴り幕がおりる。会場のピーピーという口笛と拍手はなりやまない。


正夫が劇場を出て、向かいの茶屋でシナ茶を飲んでいると、中国服を着た背の高い男が横に座った。自分は南開大学の戯曲家だとたどたどしい日本語で自己紹介し、話しかけてきた。

「さっきの戯曲はわかったか」

「だいたい筋はよめた。だがいつごろの戦争なのかがわからない」

「あれは一九〇〇年、義和団事件の時、八か国連合軍一万四千と聶士成軍と義和団十万が天津城で戦った戦争だ」

「そのとき砲弾で戦死した仲間の死体をもやし、天津城をとりこわした……」

「その通り」

「看板の『我是九大家之一』とはどういう意味か」

「天津には八大家族の大金持ちがいる。彼らはいずれも天秤棒を担いで苦労してまじめに財産を築いた。だから尊敬されて八大家といわれている。だが、銭大鈞は大金持ちになったとしても邪悪な悪党である。名城である天津城を破壊した帝国主義の走狗として市民から蛇蝎のごとく嫌われている。しかし銭はあくまでも八大家プラス一大家といわれたがってがなっている。そういう実話を南開大学の学生演劇クラブがオペラ化したのだ」

「なるほど面白い。あのオペラどおりのことが行なわれたというわけか。それで天津城の城壁がなくなり、十字の通路だけが残ったわけだな」

この話を池田と名乗った畳屋にすると、彼は正夫を大和公園にあるリスビー大佐殉職記念碑の前に連れていってくれた。

「この碑のところでアメリカ海兵隊のリスビー大佐が狙撃されて死んだんです。日本の広島師団一万と英仏米軍四千で天津城を攻めたんです。アメリカ海兵隊は気の毒なことに一番沼地の深い右翼に位置していたので、市街地の方から狙撃されたんです。アメリカ海兵隊と日本軍は宿舎が隣でしたので、お菓子をやり取りして仲良くなり、私もリスビー大佐のことをいまでもはっきり覚えています」

正夫は天津で背負いきれないほどの認識を得たことに感謝し、帰りは満洲、朝鮮を通って関釜連絡船で内地に帰った。

昭和六年、節子の腹がますますふくらんできて、二月に第二子を生んだ。男の子で裕と名づけた。

時造、水を得た魚

M物産天津支店はM洋行といい、海河の岸壁のそばにある四階建てのビルにある。

一帯は倉庫街と企業街で旭街の喧騒さからのがれ、ひと気も少なく、ひんやりとした空気がただよっている。

時造が着任挨拶に行くと東京帝国大学を出た支店長はいかにも文系のエリートといった感じの四十才の若さだった。

「君は小麦の神様といわれているくらいだから上海に取られると思ったが、うちに来てくれてうれしい。大いにやってもらいたい」

と激励してくれた。

穀肥掛のメンバーは時造の下に四名の社員と四名の中国人雇員がついた。

昭和二年の金融恐慌で鈴木商店が倒産し、支配下にあった製粉業大手のN製粉も連鎖倒産した。

製粉会社の大手はS製粉とN製粉で、M物産はカナダ、豪州、アメリカから原麦を輸入してこの二社に製粉させ、それを販売していたが、N製粉が倒産したので、四十三%の同社の株をもっていたM物産は、早速、同社の経営者をすべて自社のメンバーに総入れ替えして完全子会社にし、同社製品をすべて二%口銭で一手販売する契約をした。

このため、時造が天津で売らねばならない小麦粉の事業が重要視された。

時造の仕事は、天津周辺の卸売業である米屋およびユーザーである大飯店や加工会社などに製品を売るほか、天津管内にある多くの現地製粉会社に原麦を売りこむ仕事であった。

昭和五年はアメリカの恐慌で麦価、小麦価は最低価に下がっており、天津の売りも半分以下の量にさがっていた。

下期はアメリカ、カナダとも豊作が予想され、価格低迷が続き、しかもアメリカは中国政府と大量のダンピング輸出する契約を進めていたので、価格が上昇する見込みは当分の間、望み薄とみられていた。

時造が大手の米・小麦問屋をまわると、彼らは小麦は今が最安値で買い時という感覚で屯積を始めていた。

時造はそれはやめたほうがいい、安値は三年以上つづく、もちこたえられなくなってあんたがたは大損するぞと警告してあるいた。それくらいだから、増売するより、いかに相手を動かして差額をもうけるかというのが、時造の才覚であった。

時造が小麦の神様といわれる所以は、輸入する産地により粉には微妙な特色があり、カナダにしろ、アメリカにしろ、豪州にしろ、どこの州の、どういうブランドがよいか、ユーザー別にどういう粉が適切であるかという差異をよく熟知して、品質のよいブランドを高値で売るという才覚であった。

朝、出勤するとたくさんの電信が入っている。それらを見てチャンスがあるとすかさずオファーして倉庫から蔵出しした。こういう神業は他の社員にはできなかった。

「下村さんにはかなわない。まさに小麦の神様だ」

と社員たちは舌をまいた。

「君たちは市内の問屋、ユーザーを回ってこい。なんでもいいから細かい情報をつかんでこい。君たちは東亜同文書院出だから語学は問題ないはずだぞ」

と日本人社員たちを外回りさせた。

中国人雇用者にはさらに群小の問屋や穀物店や零細な製粉場である磨房《もーふぁん》をまわらせた。どんな細かい断片的な情報でも、時造にとっては宝のかけらだった。

このほかに重要な仕事は日本の駐留軍に納入する仕事であった。製粉させ、粉は軍食用、ふすまは馬匹《ばひつ》用に供給した。

共産党三・一五事件予審終結

共産党三・一五事件の治安維持法違反予審が終結したので、高遠正一は、終結書を取り寄せて読んだ。

起訴者四八三名のうち、東京地裁の係属者一五五名のうち徳田球一、佐野学、荒畑寒村ら三十七人の幹部級の者の予審は四月八日に終わり、被告たちが後世に自分たちの主張をのこすためとして長々と供述した内容を裁判側が要約し、治安維持法違反に該当するとして公判に付すべきであるとしている。

一四七名が公判となり、四名が免訴、四名が死亡により公訴棄却している。

予審判事は秋山高彦である。

東京以外の十一地裁で行なわれた三一七名の予審後、三百名が治安維持法違反、四名が同法および出版法違反、一名が同法および放火罪の判決が出た。

死刑無期などはなかったが、主犯は維持法の最高刑懲役五年から六年、たいていの者は二年六か月か二年である。情を知りて、結社に関係したる者および結社の目的遂行の為に行なった者は二年六か月か二年であった。

二審で刑を減らされた者はきわめて少ない。

若い学生などは世の中の不正や不平等をみて、これをたださねばならぬという動機で共産党を支持した者が多い。大抵はデモに参加したり、ビラを配ったり、たまたまそれを持っていたという程度である。そういう者が二年の刑を言い渡されている。

三・一五の検挙者は千六百名に及んだが、大半は帰されている。

しかし、その場釈放でなく、警察署のブタ箱に入れられ、三畳間に十名も入れられ、ろくに寝られず、冬は寒く、ノミシラミに悩まされ、二十八日間も拘留されればたいていの者は音をあげ、もう関わりたくないと思う。要するに治安維持法はこの効果を狙ったもので、結果として共産党はほとんど壊滅してしまったから、この法律の効果はあったというべきであろう。

しかし、世の中の不正や不平等が直らず繰り返されれば、若い人たちや正義を愛する人たちは、再び運動に乗り出す。この根源を断たねば、いくら法律をつくっても追いつかない。しかし、権力側がこの方面の改革に動く様子はほとんどみられない。

正一の根本における認識は、頭の中でどのような思想を抱こうとそれは自由である。ただしそれを実行する場合に社会に対して破壊行為や暴力行為をすれば、公共の利益に反するから罰則を設けねばならない。

しかしそれはわざわざ治安維持法をつくらずとも現行法で十分対処できる。

治安維持法には、「国体」を変革する者をきびしく罰しようとしているが、やがて「国体」について違った考え方を抱いただけで、罰さなくてはならなくなる。共産主義者だけではなく、いずれは他の団体、宗教団体、思想団体、学術団体まで規制、抑圧がひろがっていくのは必至である。

正一は長いこと裁判官をやっていてつくづく感じているのは、この世に免罪者があふれていることである。

正一は多くの事件を免罪にしたが、それでもしたりない思いがいつも残った。

警察や検事などの司法官僚の権力があまりにも強く、裁判官も刑事被告人は犯罪を行なったのであるから罰するのは正義であるという先入感に従って裁判を行なう。したがって免罪者を次々に作り出す。

治安維持法は法律の根拠を為していない法令にすぎない。この化け物のような法律が現われてから、正一は、自分はこの法律の世界でこのような風潮に伍してやっていけるのかどうか次第に危惧をいだくようになった。

満洲事変起こる

昭和五年十一月、浜口雄幸首相が東京駅で佐郷屋留雄に狙撃された。一命をとりとめたものの、健康はつづかず、昭和六年、幣原喜重郎が臨時首相代理をつとめ、やがて若槻内閣に変わった。八月二十六日、浜口氏は死亡した。

九月十九日の朝日新聞に突然、満洲での戦争の報道が載った。

朝日新聞には、張学良軍が満鉄線を爆破したので戦争がはじまり、関東軍は張学良軍の北大営の兵営をほとんど無血占領したと報じていた。その日の号外では、「日支両軍激戦を継続　わが軍奉天城内に入る」とあった。あまりにも早い展開だった。

幹夫は、これは石原莞爾のやった専断だとすぐ感じた。前に張作霖を河本大作が爆死させた時は時期尚早で関東軍は動かなかったが、河本の後任となった石原が三百件もある日中懸案問題を一気に解決してしまおうという決意の結果だった。

中国側は早速国際連盟に提訴し、連盟は加盟国間の紛争を調停するため、九月三十日、日本は軍隊を東北各地、とくに遼寧省から満鉄沿線区域以内に撤兵するよう決議した。

日本政府はこの決議を無視し、中国との直接交渉を提議し、幣原首相の訓令により五条件の原則に基づいて行なうと回答した。

その五条件とは、(1) 互いに侵略政策と侵略行動を放棄する、(2) 中国の領土を尊重する、(3) 自由な貿易を擁護し、国際的な仇恨に基づく組織的活動を根絶する、(4) 満洲における日本国民の平和的な事業を保護する、(5) 日本の満洲における権益を尊重する、というものである。

国民党中央委員会特別外交委員会は日本の提議を受け入れるか否かを審議し、受け入れる場合には五原則を検討することにしたが、猛烈な反対が燃え上がった。すでに国連に提訴しているのだから国連を通して行なえという意見だった。

国民党のアドバイサーになった国際的に有名な外交官顧維鈞《こいきん》は、国連がいくら決議しても強制することができないから、国連の監督の下に直接交渉を並行してやることを提議し、これが承認された。

中国が最も期待したのは、アメリカがもっと積極的に日本の侵略に反対してくれることだったが、アメリカは国連に加入していないので、尻が重く、日中両国に婉曲な撤兵をうながすという程度の微弱なものだった。

満洲事変が起こるや、中国全土に反日のすさまじい炎が燃え広がり、上海、南京、北京、天津、広州、漢口などでおびただしい学生たちが国民政府の門前に集まり、交渉などでは生ぬるい、「撃て！　戦え！」と絶叫した。上海に集まってくる鉄道はどの車両も学生たちでいっぱいになり、通路もあるけない状態だった。

混乱は極限に達した。国民党内部でも蒋介石に反対する西山会議派、李宗仁、白崇禧などの諸派が、蒋介石の下野を求めた。

顧維鈞は日本軍が長春、ハルピンを占領し、黒竜江省に入り、全満洲を席巻しつつあるのをみて、日本が錦州に入る前に暫時前進を停止し、東北軍も錦州を出て錦州を中立する案を出したが、学生たちからは「中立化とはいったい何なのか。まさか、錦州だけ残して後の地域は日本にやってしまうのか」という怒号を受けた。

国連は同年末、満洲の現状を調べる調査団を派遣する決定を行なった。団長はイギリスのリットン卿、その他の団員は、H・E・アルドロヴァンディ伯爵（伊）、アンリ・クローデル中将（仏）、フランク・ロッス・マッコイ少将（米）、ハー・エー・ハインリッヒ・シュネー博士（独）、このほかにオブザーバーとして、日本の特命全権大使吉田伊三郎、中国の前総理大臣、前外交部長の顧維鈞が決まった。

調査団は日本軍制圧下の緊迫した満洲できわめてひろい範囲にわたって移動し、主要な都市の中国政府官員と接触し、その意見を聞き、あらゆる領域の地域を知悉する専門家と接触し、要人とも会談するという殺人的なスケジュールで調査を行なった。

各代表は現地の各団体からよせられたおびただしい請願書を受理し、助手の人たちが集めてくる厖大な情報の山にうずもれる状態になった。

これらをまとめあげた報告書は年末に向けて発表される予定であった。

陳クンのあわただしい帰国

晩秋に入って木の葉が色づき始めた頃、陳海棠が「お話があります」といって正一のところにきた。ずいぶん神妙な態度なので、正一がコーヒーでも飲もうと応接間に誘った。

陳は、なんとなく身を固くしていた。

「長い間お世話になりましたが、十月半ばに帰国することにしました」と丁重に言った。

「理由は何ですか」

「わが国は侵略をうけました。僕たち留学生は国の為に何かしようと帰国の準備をはじめました。僕は修士論文を書いてからと思ったのですが、もはやそういう個人的な理由を言っている場合ではありません」

「そうか」

正一はぽつりと言った。

コーヒーを運んできた枝里子は話を聞いて残念がった。

「つまんないな。陳クンが帰ってしまうなんて、こんなにみんなに溶け込んでくれたのに」

「残念です」と陳は再び頭を下げた。

正一は、「僕は何も言うことはないよ。君がそうと決めたら、これから君がきめた道を歩めばいい」。

「ありがとうございます」

「今回は国の不幸でこのようになったが、僕たちと陳クン個人とは関係ないことだ。僕たちはあくまでも永遠の友人だから国の外交や確執とは関係なくいこうよ」

「はい。ありがとうございます。皆さんから受けたご恩は決してわすれません」

正夫と樽本は送別の記念に、陳をさそって山梨県の瑞牆山に登った。高度二千二百メートルで亭亭とした岩山が天を突きさしているような山だから、下からみたらあんな高いところに登れるかなと思うが、瑞牆山荘に一泊し、紅葉をたのしみながら登った。山頂には二〜三十人が立てるスペースがあった。そこからみた景色はすばらしかった。

陳が帰国すると、天津の時造から正一に国際電話がかかってきた。

「こちらの治安が十分でないので、会社から家族を一時国に返すように指示されました」と国内電話とおなじくらい声がクリアに聞こえた。

時造が節子に変わったので、枝里子が出た。

「いつ帰ってくるの。あんたと子ども二人……。時造さんはこないのね」

枝里子は節子がまたもどってくるというのでうれしくなった。

「赤ちゃん、とってもかわいいよ」

「はやく見たい。部屋は離れを提供するから」

朝日新聞は十一月に入ると連続大見出しで天津の危機を伝えていた。

「反張学良派の暴動突発　天津市街大混乱　我軍警備に出動す」（十一月十日）

枝里子はどうして満洲と天津が関係があるのかわからなかった。

節子は生まれたばかりの裕をねんねこでおぶり、聡の手を握って東京駅に降り立った。

円タクの中で「時造さんは大丈夫なの」と枝里子が心配そうに聞くと、節子は事件慣れしたというか、さばさばした表情で答えた。

「大丈夫よ。戦争といったって日本租界とシナ街の境目でやっているだけだから須磨街の家まではこないの。時造は背広のズボンにゲートルを巻いて会社の周りに土嚢を築いて擬銃をもたされて歩哨役をやるんだって。弾なんかとんでこないわよ。ひと月もしないうちに収まるわよ」

「ずいぶんのんきなのね」

円タクは日比谷に出てから堀端を三宅坂に向かった。

「いいなあ、東京は。世の中何の変化も感じられない」

世田谷の家に着くと、節子はさっそくお茶を飲んだ。

「ああ、おいしい。内地のお茶」

正一は、様子を見に来た幹夫に天津でこぜりあいが起こっている理由を聞いた。

幹夫の答えは明快だった。

「土肥原賢二大佐は、河北省をなんとかしたいのです。張学良軍と連携している河北省政府の王樹常主席をおい出して親日の政治家に変えたいのです。要するに満洲事変の天津版をやっているんです。それで支那浪人ややくざなどで便衣隊を組織し、ボロ銃をあたえて租界から向こうの役所を襲撃させて河北省政府をゆさぶっています。土肥原という人は石原莞爾がいなくなってからの画策屋で、そういうことが大好きなんです。それと今回のもう一つの目的は、リットン報告書がでて、世界中に波紋が広がる前に満洲国をつくってしまいたい。それで清朝最後の皇帝である宣統帝溥儀を日本租界からはやく満洲に連れ出して皇帝にしたい。ところが溥儀は絶対に満洲などにいって皇帝などになりたくないと強硬に反対していました。土肥原は、そんなどころではない。黙っていると向こうが攻めてきて日本租界などは回収されてしまうかもしれないぞ、と脅かすために今回の騒動を計画したのでしょう」

溥儀が住んでいる静園は須磨街とは目と鼻の距離にあり、よくみないと気が付かないほどひっそりした門があるだけで広大な内部をうかがい知ることはできなかった。

ここに最後の清朝皇帝である宣統帝溥儀と皇后婉容、皇妃文秀の三人が、紫禁城を追われて日本大使館にかくまわれてから、ここに住むようになった。

節子はイギリス租界のテニスクラブでしばしば溥儀夫妻が白いテニスウエアを着て楽しそうにプレーをするのを見た。溥儀は髪をきれいに七三に分け、ポマードでテカテカに塗り付けていた。婉容は流暢な英語で白人たちとたくみにはしゃいでいた。節子は、中国の女は日本の女のようにメソメソしていないのでうらやましく感じた。

土肥原大佐の特務機関が組織した便衣隊は天津市政府を占領しようとして攻め込んでいったが、向こう側の保安隊に難なく撃退され、十数名が射殺された。

日本側は軽機関銃や砲まで持ち出して、攻撃し、斬り込ませたが、便衣隊は殺される一方で補充がきかなくなり、乞食に類する連中に一日小麦粉ひと包みを与えてかきあつめたが、この連中は戦闘がはじまると、あっという間に四散した。うしろに逃げてくる者は日本刀で督戦隊に斬られた。

このごたごたの間に土肥原大佐は嫌がる溥儀に日本軍将校の軍装をさせて自動車に乗せ、難なく検問を通過し、大連埠頭から日本軍の汽船比治山丸にのせて大沽港外で淡路丸に乗り換えさせ、満洲入りに成功した。

十二月に入って日本軍の錦州占領後、やっと天津の騒乱はおさまった。

時造は共同通信社の記者を家に泊めてやったので、その記者から話を全部聞いた。

「明石街に二か所ある日本の特務機関と支那浪人が漢奸と組んで便衣隊をつくり、海光寺の日本軍兵営からボロ銃をもらい、いわばこちら側のしかけです。この茶番も、溥儀連れ出しに成功したので、おしまいにしました」

記者は、「僕はこんな写真を撮りまくりましたが、いくらなんでも公表できないんでご興味があればあずかっていただけませんか」といって写真の束を見せてくれた。

うつっていたのは市政府に逮捕されたヤクザ者たちが鎖につながれ、路上で公開処刑されている写真だった。大勢の観衆がとりまいて見ている中を、腕っぷしの強そうな男が順々に青龍刀でやくざの首を斬り、首が飛ぶ瞬間に血しぶきがはねあがる情景もあった。

とてもではないが正視できるしろものではないが、時造は記念にあずかることにした。

「日本側にしたってこういう不良どもを整理できてよかったのではないですかね」と記者は言った。

日本駐屯軍の香椎司令官は、今後の租界安全を確保するため、中国側保安隊の防御線を租界から三百メートル後退させた。日本からの増兵は五百名に達し、その威力を借りて日本の桑島総領事と香椎司令官が河北省主席王樹常と会談した。

王樹常は張学良に辞表を提出し、南京政府は于学忠を任命した。

リットン報告書

昭和六年が暮れ、昭和七年の正月はさびしいものだった。

正月の屠蘇を一緒に味わったのは正一夫妻と正夫、天津から避難してきた節子親子と間借り人の樽本だけだった。幹夫一家が来なかったのは、幹夫が近く満洲国のハルピンの出先軍部に出向にきまり、その準備で忙しかったからである。

世田谷の家も築造から三年がたち、庭木が成長して家を囲み、おちついた邸といった感じになった。

満洲の事態も表面上はいくぶん収まり、三月、リットン調査団が来日し、その二日後には満洲国が建国宣言を行なった。

二月、天津の騒動も収まったので、節子は二人の子どもをつれて天津に帰った。

上海でかなり激しい戦争があった。国民党の張治中軍がよくたたかい、日本軍は飛行機をつかってやたらに爆撃したが、勝ったとはいえなかった。

十月、朝日新聞社からリットン報告書全文翻訳が出たので、高遠正一は早速買ってきて読んだ。知らなかった事実がたくさんあり、大変な知見を得た。

正一は書かれている内容はほとんど正しいと直観的に思った。

関東軍が九月十八日に北大営を無血占領してから、北満の大都市を次々に占領し、いま黒竜江省を攻めているが、東北四省すべてを掌握するまでに至っていないにも関わらず、一年足らずで満洲国をつくるということが果たしてできるだろうか。

中国本土から来た中国人たちは関内（長城の南側）に家族を残して出稼ぎにきており、家族への送金が大変な額であると書いてある。そういう状況の中国人が簡単に本国から分離して満州国の独立を求めるだろうか。

彼らが独立運動を起こしていた兆候はなく、住民が組織した政党も議会もない。内閣にあたるのは関東軍であり、役所の重要なポジションで権限を握っているのは日本人官吏である。

世界の文明史の中でもこれほどの大面積を占める地域を切り離して、外国が取ったという例はめったにあるものではない。自国領土の五分の二を奪われた側の憤怒はいかばかりであるかは想像に余りあるが、日本人でそこに思いを致した者はほとんどいなかった。

日本の新聞は早速、中国全土の学生が上海に集まって大変な騒ぎになっていると報道した。

リットン報告書は結論で日本の権益について尊重されるべしと言っており、東北は中央政府が権力を保有し、東北地方は地方政権の自治にまかせるべきであるとしている。

これは相当の苦心と配慮の末に行なった知恵だと正一は感心した。

しかし、リットン報告書の効果も、日満議定書が交されてあっさり屑籠に投げ捨てられてしまった。

朝日の翻訳書は各界の日本人もたくさん読んだであろうが、これを良しとも悪しとも表明した批評はほとんど現われなかった。無視が大勢だった。

満洲国の成立は巨大隕石を中国大陸、否、全世界に投げ込んだに等しいが、その大きな巨大破片が東北軍五万と満洲国そのものを承認しないインテリや学生たちを関内に追い出し、やがてこの圧力が怒涛のように全土にひろがっていくと予想した日本人はすくなかった。

治安維持法による判決

同じ頃、三・一五および四・一六共産党弾圧事件についての第一審の判決が出た。

大多数の「情を知りて結社に加入したる者又は結社の目的遂行の為にする行為を為したる者」がずらずらと並び、二年以下の懲役、短いのは一年未満であった。彼らは集会に参加したり、共産党の新聞やパンフレットを持っていただけであったろう。四百日以上の刑を受けた者は五名であった。死刑、無期はおろか五年以上もいなかった。

結局、治安維持法はコミンテルンの恐ろしさから、共産党勢力を一掃するための政治的措置なのだった。

天津支店穀肥掛

時造が天津の穀肥掛長についた昭和七年下半期は欧州は小麦が豊作、しかも世界的な不況がつづいていたので、小麦の価格はシカゴの定期市場開所以来の新安値に転落していたが、小麦粉は満洲が水害のために収穫が著しく減少した関係で、そちらの買いが活発であった。

しかもM物産は昭和二年、N製粉の全製品を一手に売ることになったので、取扱量が急増し、天津で時造の腕が試されることになった。

支店長は、あらゆることをやってみなさい、君に期待する、とはげましてくれた。

時造が小麦粉の神様といわれる所以は漢口時代から積み上げていた商品知識だった。

たとえばアメリカ粉なら、アメリカ人の小麦の使い方はパンとかケーキであるから、品質についてこまかいことは言わないが、日本人ならうどん、ソーメン、パン、まんじゅう、菓子と使い分けする。中国人なら麺、包子、餃子の皮、大餅小餅など様々なものに使う。麺や餃子の皮は弾力性がないと割れてしまうし、歯ごたえが悪くなる。あるいは饅頭の場合はふっくらと仕上がるやわらかいほうがいい。

時造はいろいろな実験を行なって、アメリカ産でもどこの州のどこの地域産のものがいいか、生産者別にその区別を知りぬいていた。カナダ産、豪州産についても同様で、中国人の店にいけば、どこの産地の粉が饅頭に適しているか、麺にしたときに歯ごたえがあるのか、ふかふかのイースト饅頭にする真っ白な粉はどこが最高なのかを教えることができた。このため、下村先生は師伯だとうやまれ、値段のことはとやかく言われずに済んだ。

時造は毎年、専属の料理人にいろいろな粉をつかって異なった料理を試作させ、試食する会をもよおし、部下たちを教育し、その結果を商売に生かした。

キクと民雄

キクの幼馴染である民雄はキクが東京に出てくると、自分も東京で働きたいといって、富山から東京に出てきた。

富山で寿司職人の修業をしていたので、浅草、上野辺の寿司屋の求人を調べているうちに上野に適当な店をみつけた。漁夫の子だから魚のネタにはくわしいというと二つ返事で明日から来てくれということになった。

それでキクと月二回の日曜日に浅草のヤツメウナギ屋の前で会い、一緒に食事をし、活動写真を見に行くようになった。

民雄はどうしてもキクを自分の女にしたかった。逢う度に映画館でキクの手をにぎろうとするが、じゃけんに跳ね返される。

別れたあとも、キクと寝る想像が雲の様にたちのぼってきて下半身の処理に困った。

いつかなんとかやってやろうと思っていた。

そのことを仲間に相談すると「なんだ。お前、女なんてやっちまえばいいんだ。なんとでもなる」と言われ、その気になった。

キクと会う前の日の土曜日にビアホールでウエイトレスをやっている加代を呼び出して女をど

うしたらその気にさせられるかを相談すると、三十五才の加代は「誕生日のお祝いとか何とか言って買い物をしてやるんだよ。女は喜ぶ。うちの宿屋によんできな。そこであたしが眠らせてやるから」

「どうして眠らせるんだ」

「そんなことといろいろ手があるよ」

民雄が思案していると、「その前にあたしとやってよ。もうしばらくしてないんだから」と加代がせがんだ。

仕方なくその夜は吉原の加代の店にいった。

吉原といっても千束に近く、ごみごみした連れ込み宿が並んでいる。広間に適当な間隔で折り畳み屏風で囲んだ囲いがあり、その中に女がいて客と寝る。

加代が昼間はビヤホールでウエイトレスをして夜はそういうところで稼ぐのは、家が貧しく仕送りをしなければならないからだった。民雄は東京に来てすぐ加代を買い、それから月二〜三回の関係がつづいていた。加代はうらめしそうに言った。「あたしはその女のかわりかよ。なさけないよ」といって民雄にむしゃぶりつき、興奮してはげしく身体を動かした。

その日、民雄は松坂屋ですこし高価なブローチを買い、キクに贈った。キクは喜んだ。それから、きまりどおり六区で二本立ての活動をみて、プロマイド屋で新着のプロマイドを買って、それから民雄が誘った。

「くにから加代ちゃんという友達が懐かしいから一緒にお茶をのもうと言っているんだ。行ってみる」

「加代ちゃんってどんな子」

「同じ学校だといってた」

「そんな子は知らないよ」

「学年がちがっていたらわからないよ。向こうはよく知ってた」

と民雄はでたらめを言った。

キクはついてきてご休憩所と書いた千束の宿屋でいっしょにビールを飲んだ。

加代がおかわりを運んでいる時にキクが聞いた。

「知らない顔だよ。なまりもちがうし、ほんとうに富山の人？　新潟じゃないの？　それにあの人、水商売の人ね」

「この近辺は全部水商売だからしかたないよ」

加代がもどってきてからまたおしゃべりが弾んだ。この浅草でも夜になると飲み屋街にタヌキがでて、残り物をやるという話である。ビールで酔いが回った。そのうち、加代が用意してきたガーゼをキクの口に押し当てた。キクはたちまち意識が遠のいた。

「さ、早く二階に連れていくの」

と加代が催促したので、民雄はキクを抱いて急な階段をあがっていった。そこには床がのべてあった。

「脱がすの手伝おうか」と加代が言った。

「うるさい。お前は向こうに行け」

キクが意識をもどしたとき、民雄がそばに座っていた。

「悪かったけど、君と僕はいいなづけなんだからいずれこうなったっていいわけだろ」

ととぼけたように言った。

「いいなづけなんてしたおぼえはないよ」

キクはみずくろいをしてそこを出た。悔しさで胸が張り裂けるほどだった。

暗くなって帰ってきたとき、枝里子の目がみとがめるように厳しかった。

その日は活動の報告はしなかった。

翌日、キクは枝里子に呼びつけられ、目の前に座らされた。

「昨日見た活動は何だったの」

「ハイ。『巴里の屋根の下』と『荒木又右エ門』です」

「面白かったか」

「はい。とてもよかったです」

「それにしても、『巴里の屋根の下』と『荒木又右エ門』って面白い組み合わせね」

「もう一人がチャンバラがすきなんで」

「もう一人ってあのいつもの……」

「ハイ。民雄です」

「活動二本見てからどこにいった」

「加代さんというくにから出てきた人がひさしぶりだから会いたいっていうので……」

「その人、あなたが前から知ってたの」

「いえ、民雄が連れてきた……」

「そのあとどこに行った」

「加代さんの行きつけの店にいってビールを飲みました」

「ビールってお前はまだ未成年者だよ」

「すみません……」

「それからは……」

キクは顔をふるわせてなきだした。

「おしゃべりは楽しかった？」

「はい。でもよくおぼえていません」

キクはハンケチを目にあててこたえようとしなかった。

「その民雄という人はあんたの本当のいいなづけ？」

「子どもの時から一緒に遊んでました。学校も同じ」

「その人をお前は好きなの」

「いまはきらいです」

「お前がうちにきたとき、月に二回活動をみさせてくれるならお給金はいらないなんていってたけど、うちはちゃんとあんたの分は積み立てているのよ。あなたの身元ははっきりしているし、富山からお母様がここまで訪ねてこられたし。とても立派なお母様で、あたしはしっかりお世話しますっていったのよ」

百合子がそばによってきた。

「要するにまちがいがあったけど、その民雄という人とキクをくっつければいいんじゃない」

「未成年者にビールを飲ませて、ねむらせて手籠めにするなんて、悪い男よ」

「お母さん、手籠めなんて古い言葉」

枝里子は結論を下した。

「その男をここに連れてきなさい。本当にいい男かわるい男か、あたしが鑑定してあげる」

次の日曜日に民雄がやってきた。あたまをかきかき恐縮のかたまりになっていた。

民雄が寿司職人をやっている店は上野でも聞こえた店だから、そこに三年もいるとすればそんなにいい加減な男ではないと枝里子は判断した。

枝里子は、富山から両方の親を呼んできちんと話を決めることにした。

民雄の父親は蒸気船を二杯もっているほどの家で、いかついからだに背広を窮屈そうに着てやってきた。キクの母親とも見知っていた相手なので話は早く、「この話はひきうけやした。年内に一緒にさせます」とあっさり答えた。

キクの母親は、「一緒にさせても国には帰りたがらず、奥様のところでひきつづき働かせていただきとうございます」と頭を下げた。

枝里子は、女中が子持ちになったらどうするんだろうかと一瞬迷った。

その年の末、二人は富山で結婚式を挙げたので、枝里子も能登まで足を延ばして旅行を楽しんで帰ってきた。

キクには暇を出し、民雄は明大前の寿司店につとめを変え、二人は明大前に家を借りて住んだ。キクはどうしても奥様のおられるところから離れたくないというのだった。

中国 一二・九運動

満洲事変が起こっても国民党政府は対日国交断絶をするわけでもなく、対日宣戦布告するわけでもなく、音無し主義だった。

蒋介石は今は日本と対決する力はないので、先に共産匪や地方雑軍を整理して、十年かけて国力を養ってから日本と対処するという考えで、張学良には一切手出しすることを厳禁していたというのが定説であるが、おかげで張学良はまったくだらしない負け犬将軍の汚名をきせられてしまった。

東北から追い出された張学良軍はふたたび入ろうとしてしばしば満洲国と国境紛争を起こしたので、関東軍は彼らを南方にしりぞけ、間に一定の空白地域をつくり、互いの軍はそれを越えて侵害しないという塘沽《たんくー》協定を決めたが、関東軍はそれに物足りず、河北省から反日東北派を一掃するため恫喝して、河北省政府を冀察政務委員会の自治に変えさせた。

西北軍の宋哲元が首長に就任し、首都は北平から保定に移された。

この一方的なゴリ押しが梅津・何応欽会談で決まった。

日本の侵略がどんどん進んでいるのに、いつまでたっても蒋介石は安内攘外（先に国内を安定させ、その後外国を追い払う）と称して内戦にばかりに熱をあげているので、国民の間から猛烈な反対が起き、国連加盟国の間でも、全領土の四分の一を盗られたにもかかわらず、宣戦布告もせず、国交断絶もせず、日本同様〝事変〟としているのは、独立国である加盟国の資格に欠けるのではないかと中国に対する同情心が冷え込んでしまった。

昭和十年十二月九日、北京大学の学生が反日大デモに立ち上がった。天津の学生もそれにすぐ反応し十八日に大デモを行なった。

その規模たるや予想外のもので、天津中の高等学校である北洋工学院、法商学院、女師学院、河北工学院、南開大学などの上級学校を網羅したうえ、一般の中学校、女子校も十七校が加わった。海河の南側地区の学校の生徒が北側の生徒たちと万国橋で合したので、一帯はものすごく交通渋滞し、日本の増兵反対、内戦の即時停止、日本商品は買うな、密貿易は摘発せよ、華北を守れ、などのシュプレヒコールが日本租界まで海鳴りのように聞こえてきた。

通路一面を埋め尽くした群衆は、隊列に幼い一、二年生まで加わっている姿に驚いた。

デモ隊は東ルートと南ルートに分かれて道路いっぱいに埋めつくして、南開中学の校庭になだれ込んで解散した。

天津の学生がこれほどまで団結をしめしたので、学生たちはすっかり興奮し、自信をつけた。

南開中学では、独自に全校学生大会を開いて、自分たちの意見を南京政府に直接ぶつけようと全会一致で議決した。

請願団参加に三七〇名がすぐその場で名乗りをあげた。陳海棠と王剛は教員として代表委員に選ばれた。委員会は全員を三組四十八チームにわけ、二十八日九時天津北駅発の三〇五便で南京まで行く手筈を取り決めた。

ところが学生たちが西駅に着いてみると、列車は中央駅から到着しておらず、鉄路局や公安局のおえら方たちを先頭に私服の警官がずらりと整列して警備していた。警官たちはメガホンで「皆さん、学校にもどりなさい、列車には絶対に乗車させません」と警告した。

「すでに汽車の便まで決めてあったのに、いったい誰の意志でかえたのですか」

と学生代表はつめより、鉄路局事務員と七、八時間にわたる交渉になったが、いつまでたってもらちが明かず、夜は深々とふけていった。学校当局は父兄たちに通知したので、父兄の一部が学生の引き取りにくる事態になり、九十人あまりの学生は泣きながら帰っていった。頭にきた一部の学生たちは自分たちを乗せないなら交通をストップさせてやる、と、レールに頭をのせて横たわった。

結局どうにもならず、委員会は列車を放棄し、徒歩で南下することを決定した。

零下十九度という寒さの中を二百名あまりの学生は真っ暗な道を長蛇になって進んだ。

三〇五便は学生たちが出発するとすぐ彼らの隊伍を横目にみながら轟音をあげて走り去った。

明け方五時頃にやっと楊柳青という村についた。

村には学校から教師たちが先に来ていて、学生たちの説得にかかった。学生たちに信頼のある教師が「君たちの愛国的な行動を評価する。しかしだよ、いくらなんでも南京までの徒歩旅行はとても無理だから、ここは帰って他にいい方法を改めて考えたほうがいいのではないか」と勧告した。卒業生やOBもたくさん来ていて同じような勧告をした。

九十人余りが説得に敗けて帰ることにした。残った学生はなお南下をあきらめようとしなかったので、陳海棠ら委員は、年令の低い者、長途の徒歩旅行に耐えられそうにない身体の弱い者は学校が手配した列車に乗って帰すことを主張し、残った七十人も夜七時半にいったん学校に戻ることを決めた。

自費で南京行

請願運動派は南京行をあきらめたわけではなかった。

徒歩行はあまりにも無謀なので、旅費自弁で行こうということになった。これなら当局や学校も阻止できまいと考えた。

船で上海まで海路で行く組と列車で陸路南下する組に分かれて行くことになった。陳海棠の船組が塘沽港についてみると、海が凍結して沖の汽船にまで行けず、その日はジャーディンマディソンの宿舎に泊まり、翌日ボロ船をチャーターして沖待ちしていた三千屯級の「順天号」に搭乗した。一人当たり食事つき五元。船底の鉄板の上で寝て四日目に上海路と陸路で着いた学生たち百九人が旅館でこれからの請願行動を審議しているころ、憲兵がまわりを巡らしはじめ、私服をきた監視員が学生たちの動向を探りに来た。

翌日は一九三六年の元旦なので国民党の重要人物は紫金山の中山陵を参拝するきまりだったから、そこに行って請願することに決めた。

八時半に中山陵に到着すると、途中要人や役人たちの乗った自動車がどんどん彼らの前を通り過ぎていき、彼らのセレモニーは終わっていたことがわかった。全くの失敗だった。

学生たちは南京の国民党行政院に行って蔣介石に面会を求めたが、秘書が会っただけだった。次に行った教育部（日本の文部省にあたる）で部長に請願書を渡した。

政府はなぜ出兵しないのか、河北をなぜ保衛しないのか、と学生たちが矢継ぎ早に質問すると、部長は、次のように公式の回答をした。

「いま、日本と事を起こしても我が方の国力がついていない。軍備を充実し、国防工事や資源の開発、軍需工業の育成にはまだ時間がかかる。その前に安内攘外を国策として、国内の動乱を収めなければならない。国際外交でも、いかに日本が我が国を侵略し、資源を略奪しているかを広く宣伝し、外国の同情と協力をもとめねばならない——」

学生たちはさんざん聞かされてきた理屈をさらに聞かされたので、うんざりして引き揚げることにした。

陳クンら八路軍に参加

陳海棠は満洲事変が起こると、高遠家に別れを告げて天津に帰り、南開大学の助手をつとめながら南開中学の教師をやっていた。

フランス租界にある青年雑誌の編集や執筆などもしていたが、もっと直接的に抗日に身を捧げたいという念願が日々強まった。

一九三五年に盛り上がった一二・九運動で北京、天津の学生代表は南京まで行って国民党政府に安内攘外をやめて直ちに抗日戦を発動してほしいという請願を行なったが、学生代表たちは政府の二級の役人に適当にあしらわれて帰ってきた。

このときの請願旅行で同行し、帰りは蕪湖までいって抗日宣伝をした仲間の張尚志と王剛と陳海棠は親しい同志になった。

張尚志は陳より二歳上で、天津工学院から日本の東北大学に三年間留学し化学を学んでいたが、満洲事変で帰国してきた。ノッポで少し前かがみの体格だが、何事かにのめりこむと何もかも忘れて没頭する熱血漢だった。

王剛は陳より一歳下で、精華大学で英文学をやっているというが、インテリじみたところはなく、試合や格闘技がすきだという体育系の男だった。

張の郷里は青島の近くの農村、王は安徽省の出身、陳海棠は天津の出身だった。

一九三六年十二月十二日に西安で蔣介石が張学良、楊虎城の軍隊に監禁されて抗日を迫られるという事件が起きると、三人は飛び上がってよろこび、早速フランス租界の某飯店で祝賀会をやった。

「驚天動地の大事件が起こった。これで局面が変わる」

と張尚志がビールの杯をあげて乾杯の口火を切った。

「学良と虎城はよくやった。見上げたものだ」

「学良が西安で学生たちの熱烈な陳情をうけ、あれが彼の肩を押した。あれがなかったら、学良は腰が決まらなかっただろうな」

「ところで蔣介石をどう処分したらよいのか、監禁か釈放か」

「若者の間では、共産党との合作を仮にみとめてもすぐ破ってしまう恐れがあるので、この際ズドン一発で片付けてしまえというのが多い」と王剛。

「殺したからすぐ国共が合作するというものではないだろうな」と陳は頭を傾げた。

「結局、蒋介石に変わって国民党軍を動かす人材がいないわけか」と張尚志。

「蒋介石を釈放するという条件は宋一家に高く売りつけられる。この交渉で国共内戦をやめて両者に抗日戦を始めることを固く約束させる交渉をやれるのは、周恩来しかいないだろう」

「国共合作して抗日を行なうのがよい。全国民はそれを歓迎するはずだ」

「しかし我が国には反共の頑固派がいて、共産党と合作するより、日本軍を利用して共産党を消滅させたい勢力がいて、なかなかまとまるとは思えない」

「毛沢東は土地革命を棚上げして、統一戦線をとった。地主や富農層にも抗日に加わらせるために、革命的な転換だ」

などという議論をありったけしゃべって三人は酔いつぶれた。

その後、周恩来が共産党の代表として交渉し、国共合作をみとめさせる条件で蒋介石を釈放した。

蒋介石は張学良を連れて南京に帰り、十二月十五日から一週間に及ぶ国民党第五回会議で、第二次国共合作の準備を始める決議を行なった。

この通告を受けて共産軍は、十二個師団、四個軍に編成し、国民革命軍第八路軍および新四軍として国民政府の給養で約五万人が抗日軍として編成された。

そんな時期、張尚志がしばらく姿を消して、いつもの飲み会の連絡もできなかったので陳海棠と王剛は心配になった。何か間違いでも起こったのではないか。抗日宣伝を誰彼となくおおっぴらにする張は秘密警察にねらわれたのではないかという心配がつのった。張の郷里の家に問い合わせても、どこにいるか知らないという返事だった。

ところが、ひと月ちかくたってその張尚志から電話がかかってきた。

「いったいどこに行っていたのだ。すっかり心配したぞ」と陳がどなるようにいうと、張は、そう怒るな、いいから明日あそこに来い。いい話を聞かしてやるといって電話をきった。

陳と王がいつものフランス租界某所の飯店に行くと、一部屋がとってあり、張は白乾児を飲んでいた。

「二週間、俺はどこに行っていたと思うか」

「そんなこと知るか」

「驚くな、俺は五台山の共産党根拠地に行って、そこで半月をすごした。おれはここの軍需工場で八路軍のために軍需品をつくる仕事をする」と言ったので、二人があっけにとられていると、まあ聞けと張は滔々と五台山で見聞した経験を話した。

「驚くな。俺は聶栄臻師長にこういわれた。我が辺区にはまだまだ優秀な知識分子がたりない。すでに平津など大都市からたくさん学生や教授クラスの愛国者がやってくるが、理系の有能な人材がもっともっと必要だ、と」

「それから師団長はこう言った。軍需品がたりない。敵から奪う数量では間に合わない。軍需品を自製する以外にない。どうやってこの問題を解決するか。君たちのような若くて優秀な知能に期待する、とな」

陳と王は、あまりにもリアルな問題が自分たちの前に降りかかったことに面食らった。

「軍需品とは何をいうのか」

「なんでもだ。何から何までたりない。お前たちが現場でみたいのなら俺が案内して連れて行ってやる」

「そこに連れて行ってくれ」と王剛がすぐ言った。

こうして三人は、五台山の晋察冀軍区まで行くことにした。大同まで汽車で行き、そこから先は馬車と徒歩という艱難な旅だった。

厳重な身体検査をされた上で、太行山区軍工場に行くことを許された。

山頂近くの洞穴のなかに旋盤、フライス盤、形削り盤、ボール盤、中ぐり盤などの工作機械が並んでいて、たくさんの工員が働いていた。

ちがう場所にはボイラー、蒸気機関室のほか、木工場や工員の食堂もあった。

工場長の劉鼎氏が歓迎してくれ、勝手知った張尚志が案内した。

ここで製造しているのは、小銃、手榴弾、地雷、擲弾筒などで、まだ手工業の域を出ていないという。

一番緊急に困っているのが、炸薬と弾殻の製造だった。日本軍から奪ったもの、国民党軍が残していった砲弾を分解して炸薬を抜き、それを小分けして小銃弾や手榴弾に詰めているが、炸薬の大量自給が命題だった。

「小銃弾や手榴弾、地雷には大量の無煙薬が必要だ。それをつくるには硫酸や硝酸がいるが、ここでは硫酸からつくらねばならない。しかも近代的な設備がないから土法《どほう》でやるしかない。硫酸の原料は硫黄と硝石だが、硫黄はここでは沢山とれ、純度も高い。問題は硝石だが、農民に塩化土から硝士を取り出してもらい、それを濃縮して、濃硝酸をつくり、最後に炸薬をつくる」

と張尚志は自信ありげに言った。

陳海棠は理科系のことはわからないから、

「うまくいくといいな。お前は相当な勉強をしたんだろうから期待しているぜ」

と励ました。

数日泊まっているうちに三人はいろいろな同志と知り合った。

なかでも感動させられたのは沈鴻同志である。浙江省の出身で四十歳くらいの人だが、この人は自分で鉄工所を経営していた。ところが、地域が傀儡政権の地域になってしまった。自分のつくる製品が敵側に供給されてしまうのが癪にさわった。それで自分のつくる工業品が最も有効に使われるのはどこかと考えた時、自分がつかってきた機械はソ連製で性能がよくこのような優秀な機械を作り出した社会主義はよい制度だと考え、工場をたたんで、ひそかに機械類を分解して夜中に車馬でここまで運んだという。

平津からやってきた学生や知識分子が数十名もきており、夕方になると彼らと酒を飲んで意見を交わした。ぞくぞくするほど彼らを感動させたのは、長征に参加した先輩の話だった。

筏づくりが得意だという先輩は次のような話をしてくれた。

「なにせ我が国は河が多い。向こう岸が見えないくらい広い河は黄河だが、そこまでいかない川でも百メートルはある。ほとんどの川は橋がない。それでどうするか。山から材木や竹を切ってきて縄で組み合わせて筏をつくる。せいぜい四人か五人ぐらいしかのれない。それを何度も往復して大軍を運ぶんだ。向こう岸には敵がいて撃ってくるから夜中に剛勇な先遣隊が渡って行って敵の陣地を手榴弾で急襲する。流れが速いとずっと流されるから、上流の方から斜めにわたる。こんな冒険を何度もやると度胸ができるんだ」

八路軍兵士の剛勇ぶりはどこからうまれたかというと極限までの忍耐に耐える力が生み出した。おれたちに日本軍並の装備があれば絶対に負けない。世界一の軍隊になれるという自信を八路軍の兵士たちは共有していた。

陳海棠と王剛は張尚志に引っ張られてすいこまれるようにして辺区（共産党の根拠地）の仕事に携わることになった。

陳が配属された供給部というところは軍隊の維持管理に必要な物資などを収集、管理、補給する部門で、部長の趙容は二万五千里の長征をやってきた大先輩だった。それだけにきわめて具体的なものに落とし込んで経験的に言う人なので、陳にとって理解が早かった。

「供給部でやる一番肝心なことは一に食糧の確保、二に衣料の確保だ。軍隊は食糧なしでは一日たりとも戦えない。もちろん戦士たちは三日も食わずに戦うこともあるが、四日メシを十分食わないと戦力がなくなる。供給部の仕事は大衆から食糧を供給してもらい、それを軍隊にあてる仕事がまず第一だ」

趙は、飢餓難民のようだった長征時代の話を昨日のことのように話した。

「……夜昼行進するおれたちはいつも腹ペコで、歩きながらただひとつ頭に描き続けたことは次の占領地でメシにありつくことができるかどうかだった。そこに土豪がいると、苛斂誅求《かれんちゅうきゅう》をしていた奴は大衆が喝采したから、蔵から食糧をとことん出させ、土地も没収して貧農にくばった。そういう日はめしをたっぷり食えた。しかし、地主でも、大衆が同意しない場合は、程度に応じて供出させ、減租減息《げんそげんそく》を実行させた。部隊が大衆の家に泊まるときは、メシを食わしてくれたお礼に部屋や庭をきれいに掃除し、家の壊れているところを直したりした。われわれはわが軍の抗日や土地政策を訴えて蒋介石や地元の封建勢力とはちがうことを一生懸命訴えた」

しかし、そういう相手がいない貧しい少数民族の地域や無人の草原を行くときの艱難は想像を絶した。土を掘って木の根を食ったが、皆やせ細り、病気になって歩けなくなった七千人の同志が落伍した。なんとか連れて行ってくれと泣いて叫んでいたが、われわれは彼らを見捨てざるをえなかった――。この話をしたとき、趙の目はうるんでいた。

とくに収穫の時期は敵が食糧を奪いに来るから、敵に渡さないことが第一である。このために、人民と八路軍が協力して早刈り、早運搬、早退蔵を行なう。夜中じゅうに刈り取り、民衆が背に担いで山区に運び上げて秘密置き場に貯蔵するか、民衆に分散してあずかってもらう。軍隊が必要な時は食糧信用手形を使用して出してもらい、あとで供給部で清算する。

もう一つの重要事は、作戦で軍服を消耗するから、衣服、靴などの補給に困らないようにする。

とくに寒冷の季節になると、寒さにふるえていたのでは戦争はできない。

ここまで趙がいったとき、連絡員が「北京から縫製職人が到着しました」と知らせにきた。趙部長は、「君はすぐこの問題の解決にかかれ」と陳に指示した。

陳が縫製工場に行くと、工場全体が燃え上がっていた。ワーンと聞こえてくる騒音は人の声とおびただしい縫子がカチャカチャとミシンをふんでいる音の総計だった。

北京から到着した縫製職人の趙連光氏等ら七人が入ってくると、縫子たちは立ち上がって一斉に拍手して迎えた。

趙連光が挨拶した。「わしらは北京の西単で店をやっていましたが、敵の手中に落ちた首都で奴隷のように働く気はありません。火の中水の中、敵の侵略暴行に勇敢に戦っている八路軍の同志が寒い思いをして冬を迎えると聞いて、北京の仕事を捨ててやってきました。一刻も早く、冬が来る前に軍服が届くよう、皆さんとご一緒に断乎としてやりぬきます」

趙連光が言い終えると拍手とどよめきが起こった。趙以外にもすでにあちこちの都市から百四十人もの職人が三十台のミシンを伴って入っていた。

晉察冀辺区の五台山にいる五千人の若い戦士は夏服と草鞋しかなく、寒い季節を迎えて震えあがっているという事態を解決するため、新しい冬服を支給しなければならない。

しかし、綿などの材料が入らず、供給部は、材料も縫製の職人も不足という深刻な事態を迎えていた。それでプロの職人を平津から呼ぶほかに、材料と縫子を増やすために部員が各戸にお願いして歩いた。

女性たちは物置から糸繰車を引っ張り出して布を織り、それを縫製工場に送って軍服に仕立てていくことにしたが、それでも間に合わないので、本年度は軍服の上着はそのまま着用し、破損のひどいズボンだけ支給することになった。

それでも布靴まで材料が回らなかった。すりへった靴や草鞋を履いている裸足同然の状態でこれでいったい戦争ができるのか。

布靴は保温にいいように綿を用いるが、その綿が入らない。

陳海棠は靴問題を解決するために、新入の四人の仲間とディスカッションした。

「は～い」と女性の賈名華が手をあげた。

「戦士たちに新しいズボンを支給するときに、古いズボンがあまるわね。その古いズボンはどうするの」

陳が部員に問い合わせると、ズボンは汚損がひどいから焼却しているという返事がきた。

賈名華はパチッと指を鳴らして勝ち誇ったように言った。

「そのボロズボンの布屑を裁断して洗浄すれば、布靴の材料になるわよ」

「底に詰めるものだからボロでもいいかもしれないな」と北京からきた十六才の袁大樹が言った。

もう一人の二十八歳の肖石東も、女の知恵は大したものだと同意した。

「ではこれを提案しよう」と陳海棠がしめくくった。

この提案は大当たりで、趙部長は褒めちぎった。この布靴つくりも辺区の老婦人から若い主婦たちが動員して間に合わせた。

王剛は医療衛生要員になった。

戦傷者を収容すると、医療部員の仕事は、彼らの身体を洗ったり、衣服や布団を洗濯したり、ノミシラミの駆除を行なったり、止血の方法、包帯の巻き方などの教育を受け、何よりも清潔が大事だと教えられる。

所内にはたくさんのドイツやインドから来た国際医療団の医師や看護士のほか、看護婦学校生徒や華北各地からきたボランティアが働いていた。

血の気が多い王剛は本当は実戦に参加したいと申し出ると、賀彪部長は、

「お前はとんでもない考え違いをしているぞ。実戦がはじまると、衛生員、看護士、医師、所長らはすべて前線に赴き、救援医療を戦場で行なうのだ。負傷者が出ると、すばやく飛びだして行って担いだり、担架にのせてわずかに離れた位置に遮蔽している手術現場まで運ぶ。その場で手術し、止血すれば助かる確率が数段高まる。これはカナダの国際救援隊のベチューン医師が率先し

て行なって以来、今では全軍で実行している。負傷者を一人も死なせないようにすることが衛生部員の勤めなのだ。だからおまえのいう実戦とあまりかわらないのだ」

と、諭した。

医療衛生本部で最大の問題は、医薬品、医療器械の入手困難と欠乏だった。

そこで一部の要員は敵の占領区に忍び込んで手術用の麻酔薬やヨードなどの外科治療薬、聴診器、メスなどの医療器具などを買い集め、抗日的心情をもっている医師や商人から供給してもらう。漢方薬は、辺区の山に生えている薬草を採取して、鍋、缶、研磨機、石臼などを使って各種の膏、丹、丸、散などを自製した。

だんだん製薬工場が整備されてくると、ガーゼ、脱脂綿、石膏包帯や石鹸などもつくった。

食糧と衣服の確保と調達、医薬品の調達が辺区の重大な課題だった。

敵弾の材料はあまり集まらず、それにたよることはできなくなったので、張尚志は上部から無煙薬をつくれと命令された。

無煙薬をつくるには硫酸、硝酸、アルコール、エーテル、硝化綿およびプレス機、裁断機などの設備がいる。

硫酸の原料は硫黄と硝石である。鉱石は五台山一帯でとれ、産量も豊富で、含硫量も高い。硝石は農民が塩化土から硝土をとりだし、水に浸し草木灰でこして液を濃くし、濾過した後、結晶法で分離して毛硝を取り出す。これからナトリウムなどの雑質を除去し、硫酸をつくり、希硫酸の製造に成功した。

それから半年、硫酸濃縮炉をつくり、希硫酸をくわえて加熱蒸発させ、比重一・四八の濃硫酸をつくった。

張尚志は濃硫酸と純粋な硝石を加温して化学反応を起こさせ、まず濃硝酸をつくり、そこから希硝酸を得た。希硝酸を濃硫酸に加えて蒸留すると濃硝酸ができる。さらにアルコール、エーテル、硝化綿の製造に成功し、苦心惨憺して無煙薬を作り出した。

この性能は銃弾の初速計算で、日本の無煙薬に遜色なかった。

銃弾の製造には弾殻がいる。張ら研究員ははじめ、銅銭をプレスして殻をつくり、鉛をその中に入れ、無煙薬をつめたが、廃物の砲弾には限りがあるので、自分でつくるしかなかった。

弾殻をつくるには銅の材料が必要である。それで買ってきた銅銭、雑銅を坩堝に入れて蒸留し、陽極板の銅をつくり、電解して電解銅をつくり、これから一定の割合で配合すると、黄銅塊ができる。これをプレス機にかけて銅板にし、成形して自製の銃弾をつくった。

人民戦争が拡大すると、軍隊のみでなく民兵、住民も手榴弾や地雷が必要になり、炸薬の需要が増えた。

農民たちは石に穴を開けて炸薬をつめ、地雷をつくった。これを石雷と称した。踏むと爆発するものと、陰で糸を引いて爆発させるものとがあった。これをいたるところに埋め込んだので日本軍に対して相当な脅威になり、動物や捕虜などを先頭に歩かせて踏ませ役にした。

こうして、陳、張、王はそれぞれの役割を果たすようになった。

Ⅲ　戦前の終わりの年

船による別離は詩情をかきたてる

節子は昭和十年に三人目の男の子を産んで、猛と名付けた。

節子は、また男かとがっかりした。しかしうらやましがる人もいた。

「うちなんか四人も女で男はたった一人よ。女の子が多い家は男親が女たらしだからだって。お宅の旦那様はよっぽどまじめな証拠なのよ」

確かに時造は女にもてるようなタイプではなかった。だから節子はこの方面で悩むようなことはなく、節子は存分に夫を愛し、夫婦喧嘩などは起こしたことはなかった。

節子のもっぱらの興味はおしゃれである。デパートに行って気に入ったものが目に付くとすぐ衝動買いして時造に叱られた。家の中の衣装箪笥は外出着だらけで、帽子も靴もどれをかぶりどれを履くか、出掛けに、いつも子どもたちをいらいらさせて、待たせていた。高価なテンのオーヴァーはとうとう盗難にあってしまった。

天津の夏は酷熱なので子どもたちの夏休みは二か月もあった。それで七月になると、一年ごとの里帰りをする。

ビュウローに行って船や列車を予約するとき、節子はわくわくした。お土産はきまって丸缶に入った干し肉とキスリンのキャンデー。天津で買うのはこのくらいしか思いつかなかった。

今度の里帰りは生まれたばかりの三男を親に見せるためだった。

節子は猛をねんねこにくるんで背負い、幼稚園児の裕の手を引き、時造は長男の聡の手を引いて塘沽の波止場に行った。

そこに大阪商船の船が入っていた。二等船室は両側に二段ベッドがあり、聡はすばやく左上のベッドを占領し、裕は右上のベッドを占領した。

出航のドラが鳴ると、時造は子どもたちに「ママは赤ちゃんをおんぶしているのだから、ちゃんとママの言うことを聞くのだぞ。向こうに着いたらおじいちゃんおばあちゃんの言うことをちゃんと聞きなさい」と言い諭して下りていった。

母子はデッキから波止場に立っている時造を見下ろしていた。聡が思い切りテープを投げたが、風で曲げられて海に落ち、二回やってもだめだった。そばにいた知らないおじさんが「では、わたしが投げてあげよう」といって投げてくれた。運よく時造の足もとに落ちた。

黄色いテープはまるく弧を描いて親子を結んだ。船が動き出すと岸壁との間の海がだんだん開き始め、節子母子は父親に向かって叫びながらハンケチを振った。時造もハンチングを振った。

時造の姿はだんだん群衆の中にとけて見えなくなった。

船による別離は日常的なものでも詩情をかきたてる。

最初の二日間は海ばかりである。三日目になると朝鮮半島西南部沖に達し、海面に突き出た奇形な岩礁が去っては現われ、現われては去っていった。玄界灘に入ると海は真っ黒になり波が白い牙をむき出しておどろおどろしくなった。船が揺れだし、丸窓から見える水平線が水平になったり斜めになったりした。親子は恐怖と酔いで一晩中苦しみ通した。

「今日一晩の辛抱よ。明日は晴れるから大丈夫」と節子は子どもたちを励ました。

言葉通り、目が覚めてみると、海は嘘のように凪いでいた。濡れたデッキやウインチやマストが朝日にきらきらと輝いていた。昼下がり、前方にうすい空色をした対馬が見えた。

節子は物心づいて初めて内地をみる裕に、「ほら、あれが内地よ」と教えた。

内地は朝鮮のようなごつごつした岩山ではなく、樹が生えているのでやわらかく見えた。

大勢の乗客たちがデッキに集まって同じ方向を見つめていた。

門司港に入ると小さなポンポン船がアメンボのように行き来し、ヒューッと霧笛を鳴らした。

門司という町は実ににぎやかである。

大通りには海産物などを売る土産物屋が軒をならべ、おおぜいの人で雑踏していた。節子は下関雲丹の瓶詰とするめを買った。デパートに行くとセルロイドのキューピーなど色とりどりの玩具が積み重ねられていた。

聡はキャタピラのついたブリキのタンク、裕はろうそくを立ててうごく船の玩具を買ってもらった。もっと買いたいものがあるが「無駄遣いはいけません」と節子にきびしく言われて、聡は日光写真、裕は写し絵で我慢することにした。

写し絵には万国旗、飛行機、タンク、軍艦など軍国ものが多い。裕は観艦式の写し絵を選んだ。

その夜は船にもどらず、門司の旅館で一泊した。

節子は内地という環境に抱かれると、生命が変わったように感じた。喘息の発作はうそのようにおきなかった。

空気に甘い湿り気があっておいしい。山に緑がこんもり生えている風景をみるだけで心がなごんだ。

旅館の周辺は小さくてやさしい家々がならんでいた。間口の狭い魚屋や八百屋や荒物屋、その先はしもたやだった。赤い鼻緒の下駄を履いた女が路地にたらいを出して洗濯していた。家の戸口には「洗い張りいたします」などと女文字で書かれたはりがみがしてあった。こんな光景をみると、ああ、内地だな、と思う。

裕は旅館のトイレをいやがった。キンかくしのついた和風便器の底が井戸のように深いので落ちそうだとこわがった。

翌日の午前には船にもどり、船は瀬戸内海を行った。

このような絵巻物のようにうつくしい船旅があるだろうか。

右手に四国の山がかすんで見え、行手に小さな島が現われては消え、消えては現われた。左手の中国地方のほうがぐっと近く見え、沿岸を白帆が動いていた。尾道のあたりで煙をはきながら走る汽車は、おもちゃのようだった。

聡はデッキで日光写真に太陽の光をあてて絵が浮き出るのを根気よく見つめていた。裕は移し絵を水にひたしてノートに貼ろうとしたが、半分くらいは失敗し、節子の手を煩わせた。

夜のとばりが下りた頃、神戸についた。六甲山の山頂近くまで電燈がつき、蛍籠のように美しかった。あのひとつひとつの六十ワットの電球の下で平和な親子が対話しているのだろうなと節子は想像をはせた。

翌日、三宮のデパートで買い物をした。節子はこの店でものやわらかな関西弁を聞くのが好きである。

七階の大衆食堂で子どもたちは、すぐに子ども用の高い椅子のついたテーブルを見つけ、日の丸の小旗のついたお子様ランチを注文した。

ガラス窓から昨日まで乗ってきた大阪商船の船が見えた。

神戸で夜行列車に乗った。朝、目が覚めた頃、愛知県あたりを走っていた。洗面して歯をみがいたあと、相席になった子ども連れの親子とおしゃべりし、お菓子をあげたり、もらったりした。

丹那トンネルに入る前に窓をぴしゃりと下ろしてくださいという車内放送が流れたので、節子は慌てて窓を下した。ゴーオッとトンネルに入ると窓外は真っ暗になり車内にもれてくる煤煙のにおいがただよった。

トンネルを抜けて大船の観音が見えてくると、やっと東京に帰ってきたという嬉しさがこみ上げてきた。

東京駅につくと、枝里子と正夫が迎えにきていた。枝里子は猛を抱き上げてまあかわいいと頬ずりした。

円タクにのって警視庁のまえを通ると、枝里子が「ここでえらい騒ぎがあったのよ」と言ったのは二・二六事件のことだった。天津の新聞にも銃剣をもった兵隊が道路を占領している写真が載った。子どもたちはまるでまだ反乱軍がいるかのように恐る恐る車窓から馬場先門のあたりをのぞいた。

世田谷の家に着くと聡と裕が玄関で「カイメーン（開門）」とどなった。

「子どもたちは支那語なのね」とでてきた枝里子は笑った。

家を建てた頃に植えた庭木がすっかり育って涼しい日陰をつくり出していた。

「すっかりお庭らしくなったわね」

「もう八年だものね」

「庭木がすっかりのびて森みたい」

「お父さんは植木屋に木を切らせないのよ。木はのびのびと茂ったほうがいいんだって」

節子は庭を一巡りし、裏にある栗や柿の木がどれだけ伸びたかを見に行き、茶の間でのびのびと足をのばした。

夕飯でちゃぶ台をかこんだのは、正一夫妻と正夫と節子親子だけだった。

「それにしてもずいぶんさびしくなったのね」

「百合子夫婦がハルピンにいってからもう四年になるのよ」

「上海事変で出征してからおかえりになってすぐハルピンだったのね」

節子はオシンコをつまみながら、にぎやかだった昭和五年の頃を思い出して感慨にふけった。

「樽本さんはまだいるの」

「もういない。あいつは企画院に入ったので多忙だよ」

「すごく出世したのね」

正夫はフンと鼻を鳴らした。

節子は正夫に「あんたも大学卒業したんでしょ。この先どうするつもりなのよ」ときいた。

「どんな職業につくかは未定だよ」

「あらまあ、勝手なこと」

「お父さんは定年で退官後はどうするつもりなの」と今度は正一に向ってきいた。

「一生読めないと思っていた本をゆっくり読むつもりさ」

正一は好物の雲丹の瓶詰を銀飯にのせてうまそうに食べながら言った。

「二人とも親子そろって勝手。高遠家ってほんとに変わってる」


二日ほど家にいて節子は銀座に出かけた。

天津で夢にまで見るのはいつも銀座である。

子どもたちは家で留守番させ、枝里子、誠二の妻春子の三人で出かけた。節子はノースリーブの洋装に縁広の帽子、パラソルをさし、高いヒールの靴でさっさと歩いた。

女たち三人は年齢の差こそあれ、娘に返ったようにうきうきしていた。

三越本店でお召物売り場を見るのにゆっくり時間をかけた。それから各階の女物売り場を見てまわった。なんといってもこれほど豊かな気分を感じさせてくれるのはここだけである。

三越本店を出た後は、日本橋を渡って白木屋を見、高島屋をちょっとのぞいて、それから市電に一駅乗って松屋の前で降り、銀座通りをゆっくり歩いた。

銀座通りのたいていの店は節了の記憶の中にあるとおりだった。尾張町の角で念願の更科のそばを食べた。こんなにおいしいそばはここでなければ食べられない。

その後、木村屋でパンを買い、松坂屋で子どもの衣服などを買い、画廊をみて、帰りは若松にしようか立田野にしようかと迷ったが、若松に行ってあんみつを食べて帰った。

正一は日曜日に孫を連れて浅草寺に行ってみるのも悪くないと思い、夕食の時にそのことをいうと、枝里子が眼を丸くした。

「おじいちゃんが孫二人を連れて、迷子にでもなったらどうするの」

「キクに一緒にいってもらう。あいつは浅草の通だろう」

雷門から寺の本堂までの参道の両側にはなばなしい出店がずらりとならび、子どもたちはあれも買いたいこれも買いたいで、店先を飛び回った。キクは二人から目をはなさないために必死だった。

正一は孫たちの言うままに丹下左膳、荒木又右エ門、曽我兄弟の塗り絵を買い与えた。幡随院長兵衛はやめておいた。このほか、万華鏡、小学生カルタ、双六、布製の刀などを買い、それをキクに持たせた。帰ってくると、枝里子は「だから大甘のおじいちゃんはだめ。なんでもかんでもめんどくさいから買ってしまったんでしょ」と顔をしかめたあとで笑った。

それからというもの、子どもたちは聡が丹下左膳になり、赤い布製の刀を振り回してチャンバラゴッコに夢中になった。恵までがチャンバラに加わり、火鉢の灰を塵紙に包んで火玉だといって投げたので部屋中灰だらけになり、裕が電燈の傘を割ってしまったので叱られておしまいになった。

浅草の松屋の遊園地は有名で、正一は孫たちにせがまれたが、腰が上がらなかった。キクが民雄と二人でお連れしますといったので、節子はまかせることにした。

松屋は日光行きの電車の発着駅でもあり、下の方は普通のデパートだが、上階は遊園地だった。そこに行くと、空気銃の射的、焼き物のボールを鬼に当ててウウーとうならせる遊び、またがると鞍がピョンピョン上下する馬などがあり、大人までが楽しんでいた。地球をかたどった空間をものすごい轟音を立ててオートバイが回っている装置は圧巻だった。

しかし、子どもたちがめざす先は電気自動車だった。二人乗りで前後にゴムのクッションがついているので、他の車と衝突してもたいしたことはない。これを運転してレースをまわるのは何と言っても痛快だった。

聡は自分一人で運転できたが、裕はすぐ他の車と衝突してしまうので、キクが坊ちゃんこうするのといって裕のハンドルを脇から取り上げてしまったので裕は不満だった。強引にキクからうばいかえしてレースを三周するとすっかり機嫌がなおった。

民雄が、「じょうずじょうず」と沿道で手をふってくれた。聡も裕もすっかり興奮して引き揚げた。

一階の食堂でハヤシライスとアイスクリームを食べてお腹がふくらむと眠くなった。地下鉄と中央線を乗り継いで新宿まで出て、小田急線で帰った。

八月も半ばをこえると子どもたちは天津に早く帰って、隣の伯ちゃんと遊びたいと言い出した。子どもたちにとってはあんな天津が故郷なのかしらと節子は不思議に思った。

時造のゴルフ

勤務はなんといっても楽である。余計な制約は少なく自由度が大きい。

仕事は順調である。出社してとどいている電報や相場票を見て十一時ころまでにビジネスをすませる。そのあとは社員や訪問客をともなって、食事に行き、午後は顧客先を回る。

夜、宴会が多いのは内地からひっきりなしに上司や関係者が来るからである。

したがって子どもたちと一緒に夕飯をたべるということはほとんどない。時造は酒は飲めないから、逆に宴会はつらい。小唄などの芸もできないし、気の利いた世辞なども言えない。だからいつも黙ってにこにこしながら酒の代わりに水をのんでいた。

何と言っても時造にとって息抜きになるのは土曜日のゴルフである。

時造は漢口支店のとき、イギリス人にゴルフの手ほどきを受けてからめきめきと腕を上げ、今ではハンデ四までになった。だから向かうところ敵なしである。年四回行なわれる各種コンペではいつも優勝か準優勝した。応接間のガラスケースは入りきれないほどの優勝カップや盾でうずまった。灰皿から煙草入れ、菓子皿、タベストリーにいたるまでにゴルフの賞品である。

金曜日は早く帰ってきて、ゴルフクラブの手入れをする。磨き粉をつかってクラブ一本一本をピカピカになるまで丹念に磨く。

土曜になると、八時頃に家の前の道路にブーブーとベルを鳴らしてオープンカーが止まった。いつも白人のゴルファーが乗っていた。時造は彼らを毛唐とよんでいた。

時造はニッカボッカーズスタイルで待っていてブーブーを聞くと、キャディにしているターゴーにゴルフバッグを担がせて車に乗り込んだ。毛唐たちはカンカン帽に白シャツ、白い半ズボン、長い毛むくじゃらのすねに長い靴下をはき、しめたバンドに赤いキーをはさんでいた。

その日はいつもいくカウントリーハウスがたまたま休場だったので、ロシア租界にある草原のゴルフ場で我慢した。

あつまったメンバーたちはイギリス人やその他外国人にM洋行、東綿、横浜正金銀行の銀行マンなど二グループに分かれてコンペをした。

木陰などほとんどないだだっ広い平原で、フェアウエイなどなく、小石まじりの草原に球を落とすとそこにキィーを立てて打った。時造が百八十センチ近い長身を弓の様にそらして打つと、ボールは百八十ヤードも飛んでグリーンに落ち、ゴルファーたちはすごいすごいとほめた。

ギラギラする太陽と白い雲を浮かべた青空がどこまでも広がっていた。

みな汗だくだくになり、暑さでたまらないので、ワンラウンドですませ、ロシア人のオバサンがマネージしているお粗末なクラブハウスで優勝者と準優勝者に賞品を授与した後、一同は、ビールを飲んで散会した。

土曜日は時造がゴルフを楽しみ、日曜は子どもたちを連れて家族サービスというのが下村家のきまりであった。

日中戦争始まる

昭和十二年七月七日、北京郊外の盧溝橋で日中の軍隊が衝突し、たちまち戦争に発展した。七月二十四日以来夜昼かけて、南開大学では教員、学生、職員全員が学内の図書、実験器具などを運び出していた。半分以上は校外に持ち出したが、まだ山ほど残したまま、とうとう二十九日を迎えることになった。陳君も木斉図書館の本を箱に詰めて送り出す作業をしたが、原書のすべては運び出せなかった。

二十八日、日本租界では居留民の緊急集会が行なわれ、全面的に皇軍の行動に協力すること、さしあたって租界周辺で戦闘が行われた場合の措置として、独身の青年男子は立哨にあたること、家庭の主婦たちは爆撃や砲撃の震動で住居の窓ガラスが割れるのを防ぐための紙貼り作業、皇軍の兵隊さんへの食事や宿泊のサービス、国防婦人会の奉仕事項などを申し合わせた。

その日は、小学校の授業は早めに切り上げられ、聡が下校してくると、節子と知らないおばさんがせっせと短冊形に切った半紙を窓に貼っていた。

聡が不審な顔をすると知らないおばさんが「今晩、あたしたち夫婦、お宅にお世話になりますのよ」と頭を下げた。

「いよいよ戦争が始まるのよ」と節子が言ったが、別に深刻そうな気配はなく、楽しそうに二人でおしゃべりしていた。

「斜めバツは絶対だめだっていってたわね。格子縞でなくてはだめなんだって。しかも窓枠から貼るからあとではがすのが大変ね」

家の窓全部にはりつけるのに相当の時間がかかった。

兵隊が二人やってきて、様子を見て回り、黙ってすぐ去っていった。

午後、戦闘帽にゲートルを巻いた民団の人が数人やってきて苦力に土嚢を運ばせ、窓という窓にそれを積みあげさせた。正門にも積んで陣地のようにした。

「日本租界にまで敵がくるのですか」と聞くと民団の人は「そんなことはありませんよ。万一のための用心だけです」と笑って答えた。

時造は三時頃に帰宅してきた。さきほどのおばさんの夫である中島さんという人の他、独身社員一人も連れてきた。会社は、日本租界外に住んでいる社員の安全のため、彼らを日本租界に住んでいる社員の家に避難させる措置をおこなったので、時造の家に二家族が避難してくることになった。

節子は、中島さん夫婦を応接間に泊めることにし、夜具を運び込んだ。独身社員は三畳間のベッドをあてがった。

戦争だというのに、夕食はビールを出し、簡便なすきやき料理にした。夜になると、小銃や機関銃の音が小やみなく深夜まで続いた。

節子は子どもたちにふとんをかぶって早く寝るようにさせた。

「海光寺の兵営や南市付近で双方が撃っているんですよ。いずれ夜明けまでには決着しますよ」と時造よりすこし若い中島さんという中年の社員はこの方面のことは心得ているらしく、雄弁にしゃべった。

「宋哲元というのは生粋の国民党員でなく西北軍の将領だった人です。蒋介石に河北省の自治をまかされ、冀察政務委員会のトップになり二十九軍を動かしているんですが、日本軍には歯が立ちませんから、いずれ尻尾をまいて逃げるでしょう」

翌日朝、租界中のビルの屋上や民家の屋根に日本人たちが上って八里台の南開大学の方を眺めていた。まるで両国の花火をみているような感じだった。下村一家も聡だけはゆるされて大人たちと屋根にあがった。

海光寺兵営からどんどん大砲を撃っていた。飛行機が何機も大学の上から黒い芥子粒のような爆弾をおとすのが見えた。瞬時おいてドドーンと地軸をゆるがすような震動がつたわってきた。そのたびに窓ガラスがキキーッと奇妙な音をたてた。

みるみる南開大学の校舎から黒煙がたちのぼって天が暗くなった。赤いチラチラした火焔も見えた。その黒煙の上をさらに飛行機が飛んできて芥子粒のような爆弾をパラパラといくつも投下した。

「そうとうなものですな」と観衆たちはその凄絶な光景に釘付けにされていた。

この日、南開大学以外の建物で天津駅、紡績会社などでも中国軍と戦闘が行なわれたらしいが、居留民のもっぱらの関心は抗日学生の本拠地といわれる南開大学に向けられていた。

翌日、平和が回復した。


下村家の前の通りの須磨街に日本軍の兵士たちが行進してきた。兵隊たちの軍服の背はバケツで水をかけたように汗でびっしょり濡れていた。どの兵隊も戦闘帽の後ろにつけたひらひらの日よけの布も汗にぬれ、白い塩分の線が浮き出ていた。

戦車が轟音を立ててアスファルトの道路にキャタピラの跡をつけて進んでいった。子どもたちは興奮してタンク、タンクと騒いだ。

やがて大休止の号令がかかり、兵たちは三八式歩兵銃を四本交差させてから思い思いに日陰にあぐらをかき、路上に寝転がった。

節子たちは白い割烹着に国防婦人会のたすきをかけ、道路にテーブルを出して兵隊たちに冷たいハブ茶やおしぼりをサービスした。節子がカルピスをふるまうとわっと兵隊たちがよってきてあっというまにコップがからになった。

馬卒がやってきて、馬にも水を頂けませんかと頼みに来たので、子どもたちがバケツで水を運ぶと馬は鼻を突っ込んでグーとすいこんだ。そして鼻でカラカラとバケツをふりまわしてほおり投げた。ニンジンをやると数本をあっと言う間にたべ、もっとくれという表情をした。

下村家のトイレをかりる兵隊たちがずらずらと列をなした。借り終わると、「ありがとうございました」と丁寧に敬礼する人がいた。その日、下村家に割り当てられて宿泊した兵士は四名で、准尉と伍長と一等兵と二等兵だった。

子どもたちは准尉というのは将校なのか下士官なのかわからなかった。この准尉は無口でいつもニコニコしていた。白い布で軍刀の柄をぐるぐる巻いていた。伍長はきさくな人で関西弁で饒舌に話し、あとの二人の兵隊は玄関で子どもたちに三八式歩兵銃をさわらせたり、中を見せてくれたりした。

時造は兵隊たちにビールをふるまい、会話は「シナは暑いですね」からはじまり、戦争のことは話すことはなく、お互いの郷里の話になった。一等兵の人が九州の久留米出身だったので時造はことのほかうれしかった。

その晩は、准尉と伍長は二階の八畳間に寝かせ、兵隊二人は応接間の絨毯のうえで寝てもらった。翌朝、民団からおにぎりを配られた兵隊たちはふたたび鉄砲を担いで出かけていった。

東京でも天津の戦争は大きく新聞にのった。

「節子たちは大丈夫でしょうか」と枝里子が心配そうに正一にきくと、正一は、日本租界にいればなんでもないよ、と言い、それよりも南開大学が気になると言った。

正一はほぼ十年前に張伯苓学長に招かれて南開大学で講演した印象をいまでも忘れなかった。

正一は、裁判官は被告を最初から犯人と考えず、裁判の過程で真実を明らかにして冤罪を出さないようにすることが最大の責務だという持論を話した。

最前列で聞いていた張学長は「対《とい》、対《とい》（そうだ、そうだ）」とこぶしをあげて言い、講演が終わったあとの歓迎会では、感動さめやらぬという表情で、「あなたは大公を語られた。大公は小公に優越する、それも隔絶的にです！」と最大限にほめちぎった。

翌日、南開中学の見学をした。学長みずから案内して隅から隅まで見せてくれた。

正一はあのとき張学長からほめられたことが、自分の自信を盤石のようにつよめてくれたことにずっと感謝していた。

日中戦争は、八月上旬、北京、天津がおち、琢州も保定も石家庄も十月半ばまでに陥落し、河北省の要地はことごとく日本軍の支配下に入った。

国民党軍は山西省で挽回しようとして忻口に集中して会戦を挑んだが、板垣征四郎の第五師団ほか五万に陣地を破られ、太原に撤退、国民党軍主力は河北省との省境にある娘子関から南方に撤退することになった。

八路軍は撤退を援護した。

日本軍は、飛行機あり、タンクあり、長距離砲あり、毒ガスありで圧倒的に装備に優れ、訓練も行き届いているので、中国軍は砲爆撃が始まると逃げ惑うばかりで、高級将校連はもうこうしたしんどい戦争はしておられないと南方に逃げ帰ってしまった。

十一月上旬、太原は陥落し、日本軍は井径、陽泉、寿陽などの炭坑地帯を手に入れて、戦争はいったん収まった。

その頃、正一が突然、天津に行ってくると言い出したとき、枝里子はとびあがるほど驚いた。

「いったい、なんですの。娘と孫が気になるのですか。時造さんから皆無事ですと言ってこられたではないですか」

「いや、娘や孫ではない。南開大学だ」

「でもあそこは爆撃したばかりですよ」

「今はそれはおさまっている。どうしても南開大学の跡がみたいのだ」

枝里子は夫がどうして南開大学にこだわるのかさっぱりわからなかったが、物をいいだすと意志をかえない夫を知っているので、黙る以外になかった。

それでどうしたものかと、宮ノ坂の誠二のところに相談に行った。

「兄貴は張伯苓という学長がとてもすきなんでしょう。兄貴にとっては敵国もなにもないんですよ。そういう人なんだから」

と誠二はあっさり言ったので枝里子は気が楽になった。

昭和十二年の冬が始まった頃、正一は正夫を連れて天津についた。孫たちには教育的な玩具と講談社の絵本、節子には喘息用の漢方のくすりや特殊な吸入器などを土産に持参した。

南開大学まで正一親子と時造は車をチャーターして行った。

正門からキャンパスに入ると、広々とした並木道と蓮に覆われた池があり、昔みた光景と変わっていなかった。

だが、校舎があった地点に達すると、光景は一変し、かつてそそり立っていた三階建ての校舎は赤レンガの巨大な堆積に変わっていた。崩れ残った塀の一部が内側の白壁をみせて鬼気迫る姿で残っていた。

爆撃をまぬかれたのは正面の木庁舎だけで、第一、第二宿舎もことごとくレンガの山と化し、義和団事件の賠償金でたてられた西洋建築の粋と称えられた赤い化粧煉瓦の木斉図書館はあとかたもなく姿を消し、美麗な化粧煉瓦は持ち去られていた。赤いドーム屋根が地面に蓋をしたように落ちていた。周囲にはガラスなどの破片や焼けこげた蔵書のページがいっぱい散らばり、風に舞っていた。

はなれた位置にある科学研究棟も無残にコンクリート壁が斜めに崩れ落ちて廃墟と化していた。

正一がかつて訪れたとき、このキャンパスはバスケット場もテニスコートも運動場も学生たちが駆けずり回り、若々しい歓声で沸いていたものだが、今はどこにもそのような姿はなかった。講堂で熱っぽく演じられていた演劇活動もコーラス隊の合唱も聞こえてこなかった。

南開大学という物理的な存在がなくなると同時にそういうものは記憶の中にしか存在しなくなった。

教育機関をここまで破壊するということは何たる蛮行だろうか。土肥原大佐はいったい何のうらみがあってそうしたのか。こんな破壊をするのは文明国ではない。正一は自国の軍隊をはげしく断罪した。

夕方になり風が起こって電線が風にうねってピューピューと鳴りだした。

もう帰ろうとしていると、二人の日本人が目の前に立った。五十年配の重厚さを感じさせる紳士が、「高遠先生ですね」と言って丁重に挨拶をした。

差し出された名刺には勅任官丸川英雄とあり、旅順日本女学校長としてあった。もう一人は同じ学校の古文の教諭だと名乗った。

正一は丸川氏に天津飯店に寄ってゆっくりお話をうかがいたいと言い、丸川氏の車について競馬場通りからビクトリアロードに出て英租界に入り、天津飯店で部屋をとって初対面の挨拶をした。

丸川がどうして高遠正一を見知っていたのかというと、正一の講演が行なわれたときに丸川氏も張学長から招聘されて、あの会場にいたからだという。丸川は教育者としての張伯苓学長を尊敬していた。

「そうでしたか。それで今日南開大学でお会いできたのは偶然だったのですね」

「高遠裁判官が天津を訪れておられるということはまったくぞんじませんでした。領事館から聞いて知ったので、まさに偶然です」

「領事館は何で知ったのでしょうね」

「船会社は乗船名簿を提出し、領事館は要人をマークしますから」

丸川の話によると、南開大学では事前に退避が行なわれていて人命の被害はなかったそうである。張学長はそのとき、重慶に出張していて事件を向こうで知らされたという。

留守を預かっていた秘書長ともう一人の教授はかろうじて小舟に乗って逃げ、日本の飛行機に見つけられて機銃射撃を受けたが、稲田の中に飛びこんで難を逃れた。

また別の一人の教師と五人の生徒も危険を冒して校内を巡視したが地下室に逃れざるを得ず、思源堂の裏手からボートに乗って八里台村に逃れ、フランス租界二十六号路にある南開大学臨時事務所に避難したという。

「ではまるで空の学校にむかって爆撃していたのですな」

「建物をなくせば南開大学は永久に消滅すると思ったのでしょう」

「爆撃の翌日、日本軍の騎兵と装甲車が学校に来て、貴重な歴史文書を持ち去り、燃え残った建物に放火し、千字文を彫った鐘を持ち去っていったそうです」と古文の教諭が言った。

丸川氏は張伯苓校長の信奉者で、南開中学は何度も訪れたことがあると言った。

今回、来たのは南開大学の破壊の跡を見ると同時に天津の領事館からの要請があったからだと言う。

「どのような要請があったのですか」

「ごぞんじのように天津には商業学校はあっても日本人中学校がないので、小学校を卒業した子どもをもつ父兄は子供を内地の中学校か関東州の日本人中学校に入れるしかないので、卑近な旅順か大連の学校に入れていました。それで天津総領事から話があったのは、天津に三年後に日本人中学校をつくるが、私に校長に就任してほしいという話でした」

「それで、それをお受けになられた……」

「私は張伯苓学長がそだてられた南開中学をどうしても存続してほしいと思っていました。それでもしいつの日にか張伯苓学長にお返しできる日がくるならば、その日までできるだけ南開中学の伝統を絶やさないようにしようとひそかに思ったのです」

「この軍国主義時代にご立派なおかんがえです」

「中学校は領事館の管轄にはいりますが、陸軍は軍国主義教育を押し付けてくるしょう。形ばかりはそれをしなければいけませんが、広島高等師範出身の教諭が多く来られますから、立派な教育ができると思います。でもこんなことは領事には一言もいっていませんよ――」と丸川は言い、一同は笑った。

「配属将校がやってきて軍国教育や軍事教練をおしつけてきても、丸川先生は直任官で天津派遣軍司令官と同格ですから、彼らもそうそう無理押しはできません」と、清水という古文の教師が付け加えたので、再び笑いがおきた。

正一は、滞在中に丸川校長一行を飯店に招き、向こうの返礼もうけた。正一と時造はこれからも丸川と緊密に連絡をとりましょうということになった。

時造は正一を北京に一泊して案内しようと思ったが、どうしても時間が捻出できず、面白いところをご案内しましょうと言って、イタリア租界のハイアライに連れていってくれた。

ハイアライはアメリカのセントルイスとマニラと天津にある一種の賭博場である。入ると観覧席はぎっしり人で埋まり、人いきれと煙草のけむりでむんむんしていた。

競技場は正面、左面、背面と床でできており、壁は相当に高い。

まるでローマ時代のヘラクレスのように筋肉が隆々と盛り上がった二人の金髪の西洋人が、彎曲した籠のようなもので球をすくって投げ合っていた。

一人が壁に向かって投げ、その高さと強弱で跳ね返りが短かったり長かったりする。それをもう一人のライバルがうけとってはじき返し、互いにそれをやりあう。そのうちに相手が球をミスして床に落とすと勝者に得点が入る。そのたびに会場の歓声や怒号が耳を聾《ろう》するほどだった。

節子は　胸がぜいぜいしてテラスに出てやすんだ。時造たちはキップを買ったが一銭もとれなかった。敗けた客たちは腹いせにキップを空にまき散らしてぞろぞろと退場した。

「裁判官のお義父さんをあんなところに連れて行くなんて」と節子は帰ってから時造をなじったが、正一は、珍しいものをみたと満足した。

正夫は天津に残りたいと言い出したので、正一は一人で帰った。

その年の暮れ、南京が陥落し、日本中がお祭り騒ぎになった。

幹夫の出征

昭和十三年夏、節子にとって長男の聡が小学五年になり、中学に入れるためには、天津には中学校がないので親許と相談するための里帰りとなった。

もちろん丸川校長が南開大学の跡地に日本の中学校をつくる予定はあるが、それも先の話なので、聡をどうしたものかと考えていたところ、正一が、聡は聡明なところがあるから、世田谷区のよい公立中学に入れて、ゆくゆくは東京の帝国大学に進ませたい、自分の手元で教育するから任せなさいと言ってきた。

こうして、今度の里帰りは時造・節子夫妻にとって聡を手放す別れの旅になった。

節子が聡を宿したのは漢口にいた頃で、それからすぐ帰国して乃木坂に間借りしていた昭和三年に聡を出産した。同じ年、世田谷の家ができると、近くの下高井戸に引っ越し、節子は毎日のように聡を抱いて実家を訪れた。

昭和五年、一家が天津に移り住み、聡が租界の幼稚園から日本人小学校に入ると、成績がよく常に学年で一番だった。小説がすきで片端から読み飛ばし、そのせいか作文はすでに大人びた文体を書くようになり、担任の先生から内地のいい学校にあがるといいですよと言われるようになった。隣の李さんから、聡ちゃんは大きくなったらきっと文豪になりますよ、などとおだてられた。

節子はいよいよ聡を手放すとなると、この子を育てた十年間が走馬燈のように思い出され、涙があふれてきた。

天津を発つ前日、節子は聡に大甘になって好きなものを買いなさいとこずかいをたっぷり与えた。

聡は喜び勇んで日光堂書店に行って片脇に抱えるほど小説本を買ってきた。南洋一郎の海洋小説とか、江戸川乱歩だとか、横溝正史だとかの他、まげもの小説、果ては表紙にいかがわしい夜鷹の流し目を描いたいかもの本などがあったので、節子は怒って、こんな本は読んだらいけませんと数冊をとりあげた。他の本も内地に着く前に船の中で読み終えたら海の中に捨ててしまいなさい、東京に行ったら勉強に専念してこんな本とはおわかれするのよ、そうでないといい上の学校に行けないのよときびしく叱った。

今度の里帰りはもうひとつのたのしみがあった。それは幹夫がハルピンから帰ってきて下関の要塞司令官付になっていたが、幹夫の出征が決まったので、送り出した後、姉の百合子母娘が東京に引っ越すのを手伝うという条件になっていた。

節子は下関という環境で姉と過ごすのも悪くないな、と思った。

門司で下船すると、波止場に百合子と女中のタキが待っていた。

ポンポン蒸気で関門海峡を渡った。前後に運転席のついた船で、客が二十人くらい乗ると満員になって出発する。ポンポンポンと威勢よく蒸気を吹き出して進む。

聡は宮本武蔵と佐々木小次郎が対決した巖流島があるかないかを目で探していた。百合子が子どもたちに「坊やたち、今この海の底にトンネルを掘っているんだよ。すごいだろ」と教えると、そんなことをしたら海の水が入ってしまうじゃないかと裕は心配した。

「姉さんと会うのは八年ぶりなのね。昭和五年以来だから」

「そんなになるのかしら」

百合子は、昭和五年の春に幹夫がハルピンとハイラルの関東軍本部に赴任して数年勤務したとき、夫についてハルピンに行き、その後帰国して幹夫が下関要塞司令部付参謀長になってから三年だとすれば、八年という時間のたつのがいかに早いかを知らされた。

節子は姉が地味な中年増の着物になり、化粧も濃くなく、容貌も衰えているのを見て、夫婦仲がさめているのかしら、あるいは満洲で苦労したのだろうかとひそかに思った。

下関の波止場から市内電車で長い切通しの坂をのぼっていった。高くなるにしたがって見晴しがよくなり、下関の港に沢山の船が入っている風景が見えた。

幹夫夫妻の借家は広い庭付きの高級住宅で、すぐ裏は山になっていた。あたりは静謐な城下町の雰囲気だった。

幹夫は二十三師団連隊長としてハイラルへの出征がきまり、その出立が迫っていた。家主との契約も終え、箪笥類なども東京へ発送済みで、部屋は半分ガランとしていた。大きなガラスケースにおさめた藤娘の人形は地元の学校に寄付するのだという。

幹夫は八ミリフィルム撮影などメカが好きで、節子たちにハルピンやハイラルで写した動画などをスクリーンに映して見せてくれた。

幹夫は毎日馬に乗って兵営に出かけていった。馬卒は朝早く来て玄関先で馬のひずめを丁寧に洗い、身体を拭いていた。幹夫は朝食をすませると、いかめしい軍服に着がえ、馬のひずめをかつかつと鳴らして出かけていった。堂々たる姿だった。

日曜日の家族参観日に、一家で兵営に招かれて出かけていった。

一行は、「参謀長殿のご家族様」ということで特別扱いになった。

幹夫が出てきて、兵舎の中を見せてくれた。内務班という兵隊がいつも起居する場所には毛布がきちんとたたまれてその上に枕がのっていた。三八式歩兵銃がぴかぴかに磨かれてならんでいる銃架なども見た。

練兵場で歩兵の匍匐前進の訓練の様子をおおぜいの訪問客といっしょに見学した。新兵たちが銃を前に両手でもち、肘と膝でにじり寄る匍匐前進の訓練だった。

幹夫の馬卒が馬を引いてやってきて坊ちゃんたち乗りませんかと誘ってくれた。聡は尻を持ち上げられて鞍に乗り、馬卒が鐙を短く調節し、練兵場を一周した。聡はおおいばりで大将になった真似をしてみせた。

裕の番になり、お尻を持ち上げられて鞍にまたがると、えらく地上から高く離れた感じがしてこわかった。馬の耳がすぐ近くにあったので、さわるとピクリと横に向けてしまい、厚い肉の温かみが伝わってきた。馬が歩き出すと、鞍に尻がコツンコツンと当たって痛かった。馬卒がそういう時は鐙をふんでお尻を持ち上げ振動をにがすのですよと教えてくれた。

三歳の猛が自分ものりたいと泣き出したので、節子は和装のため鞍に横向きに座り、蔵の前に猛をすわらせ、営内を一周した。

聡、裕、百合子の娘の恵の三人は営舎の中を走り回ってあそび、酒保でお汁粉を腹いっぱい食べた。砂糖をふんだんに使ったとびきり甘いお汁粉だった。

それから一週間後に岡崎家の前庭を埋めるようにしておおぜいの町会の人たちが集まってきた。幟や旗には武運長久・祝出征岡崎幹夫君と大書してあった。

町会長が紙を広げて幹夫の出征を祝う辞を朗読している間、幹夫は軍服にななめにたすきをかけ、軍刀の柄に白手袋の手をあてて不動の姿勢で直立していた。

終わって答辞をのべると、万歳三唱が起こり、幹夫を先頭に幟を翻して人々が「勝ってくるぞと勇ましく――」と歌いながら行進していった。

近くで再び万歳三唱がきこえた。おそらく自動車が迎えに来ていたからだろう。

幹夫を送り出すと百合子はやれやれとひと息ついた感じで二日ほどぐったりしていたが、引っ越し業者がやってくると、働き者の百合子はてきぱきと衣類や小物、皿類などを新聞紙にくるんでどんどん茶箱に詰め、それを業者がトラックに積み込んだ。

天津で育った子どもたちにとって内地の自然は何もかも珍しかった。

朝から夕方まで裏山を飛び跳ねてあそんだ。沼にヤモリのような生きものがいて、取ろうとすると巧みに岩の下に隠れた。たまたま腹をうえにすると、真っ赤な色をしていた。恵はそれは山椒魚だと言ったが、土地の子がイモリだよと教えてくれた。

自分たちの背より高い里芋の大きな葉に水玉がたまっていてころころしているのを見つけて傘代わりにしたり、大きな米つきバッタをつかまえたり、一晩で木の間に巣をはった黄金蜘蛛が巣にひっかかった獲物におそいかかる恐ろしい光景を目撃したりした。天津の街中で育った子どもたちにとっては何もかも珍しかった。

梅雨の季節なので毎日のように雨が降り、ガマガエルが紫陽花の垣根のなかからのそのそと出てきた。恵はそれを手づかみして裕たちをこわがらせ追い回した。

女中のタキが「お嬢様、そんなものをつかむと手がはれてしまいます」と叩き落とした。聡や裕は気持ちが悪いのでガマガエルを触ることができなかったが、紫陽花の葉の上にたくさんいる小さな雨ガエルはかわいいので平気で掌に載せられるようになった。

世田谷の赤堤の家に引っ越すと、枝里子は百合子母娘に離れ、節子と二人の男の子には二階の六畳間をあてがってくれた。聡は四畳半の貸間を一室あたえられ、おじいちゃんが勉強机を用意してくれていた。二家族がやってきたので高遠家はすこぶるにぎやかになった。

一昨年からわずか二年たっただけだったが、節子は東京はすっかり変わったように感じた。

お十時やおやつに甘いものを食べるのが習慣だったが、枝里子は到来物がすくなくなってねと言って、形のちいさくなった虎屋の羊羹を切ってくれた。

これまでなら茶の間の押し入れにはうずたかく到来物の菓子箱がつまれて、適当にお回ししていたのに、それがすくなくなったのは、やはりぜいたく物を規制する物資統制のせいだった。裕は虎屋の大きな羊羹の端っこに砂糖が白く固まっていた部分を食べたがったが、今年は大きさがちいさくなり、そういうのがなかった。

節子は「内地はお砂糖は十分あったのにどうしてなのかしら」と不思議に思った。

枝里子は「晒し木綿が馬鹿高で四割もあがったんだよ。だからスフ、スフと言い出したの。あたしたちは〝主婦の友〟から〝スフの友〟になりなさいだって。お米も一割、お酒も肉も野菜も塩、砂糖、醤油など軒並みなのよ」と愚痴をこねた。

キクが茶を淹れに来て口をはさんだ。「奥様、なんと沢庵が四割も上がったんですよ」

「キクちゃんのところは富山の漁師さんでしょう。お魚はどうなの」

「富山のものは東京にはこないんです。三陸の魚がとれなくなったうえ、運賃があがって値段が二割も上がっています。青森では豊漁だったそうですけど、運賃が高いんで東京までこないんです」

節子は、聡の養育費を送らねばならないので、真剣に枝里子の話を聞いた。

世の中がスフ、スフと騒ぐようになり、節子はスフってなんで作るのときくと、百合子は木材からとるパルプが原料だと言った。どうせならスフの代わりに紙の着物を着て銀座を歩くのもいいじゃないという話になって笑った。

節子は一刻も早く銀座にいきたくてうずうずした。それで枝里子、百合子、節子の三人で日本橋の三越を皮切りに銀座まであるくことにした。節子はまるで女学生に帰ったようにうきうきした。

日本橋の三越本店は二年前より客の入りがすくなくなったように感じた。

お召物売り場で新作の柄を愛でたりしながら、反物を入れたり出したりさせたが、買い上げはしなかった。それから女ものの洋服売り場を見て歩いた。

日本橋を渡って白木屋に寄った。二年前と明らかにちがっていたのは、冷房がストップしていたことだった。天井にとどくほど高く氷を積みあげ、上から滝のようにちょろちょろ水を垂らしていた。そばによればすこしひんやりする程度だが、店内全体を冷やしていた電気冷房とは比較にならなかった。

高島屋はちょい見して、市電で二駅ほど乗って、銀座の松屋に行った。この店は新作の反物が売りで、三越本店と競っていた。ここでも他の売り場はがらがらで客の入りが少なく感じられた。

銀座通りはまだ洋風ファッションにハイヒールをはいた女性が闊歩していた。街頭カメラマンが一行の姿を撮って宛先を書く紙をくれた。節子は前払いすると、その先にも同じようなカメラマンがいて撮ろうとするので、百合子が断った。

ひるはオリンピックでライスカレーを食べた。木村屋で菓子パンを買ったあと、松坂屋で聡の寝間着や下着類などを買い、千疋屋でフルーツを食べた。派手なファッションをしている婦人がいるのは以前と変わらなかった。節子は昔の銀座がそのままあったので安心した。

八月の下旬になり、いよいよ東京を離れる日が近づいてくると、節子は聡を残していくことに胸が締め付けられるように感じた。なんとなく聡とのつながりが途絶えていくような思いがふと頭をかすめた。

枝里子はそんな節子の心をみすかしたように、「大丈夫よ、すっかりおじいちゃんになついてしまっているの。昨日はおじいちゃんとキャッチボールをしてた。それがとてもうまいのよ、きっと時造さんがしこんだのね」と言った。

枝里子と正夫が東京駅まで見送りに行くことになり、円タクに乗り込むとき、聡は東京駅には行かないと言い、ドアの脇に立っていた。車にエンジンが入ると、聡はワッと泣き出した。そしてすこし追いかけて手を振った。

この頃の論壇は、物価高、統制の不慣れや不徹底を論難するものが多く、国民が自由主義経済からさめやらず、軍需景気でもうけ主義に走り、統制をぬけがけする風潮を叱っていた。

その中で、昭和十三年の『中央公論』十二月号に載った笠信太郎の「日本経済の再編成」という論文を正一が読んで感心した。

戦時経済は物が減る

高遠家の忘年会には皆酒が恋しくて親戚や知人たちが集まった。企画院に就職した樽本もやってきた。

男たちが一杯飲みだすと、自然時局が話題になった。正一は笠の論文をよんで一番感心した点は、戦時経済に入ると、物の消耗が激しく、物が急激に不足することだと言った。経済学部教授の誠二も同意した。

「笠君はまさに一番の論点をついています。物が不足しても正常経済でカバーできれば問題ないが、この一年四か月、南京は陥落し、武漢は落ち、連戦連勝で国民は浮かれていますが、この間に使った鉄や石炭・石油、食糧は大変な量で、兵隊も十一万死んでいます。この物資消耗戦をカバーするには、生産資本が伸びていれば問題ないですが、永久にそうだとはいえない――」

「鉄なんて弾丸でずいぶん使ったでしょうな、あっと言う間になくなってしまうんだからな」とお向かいのマージャンの常連の奥村常一が言った。

「しわ寄せを受ける平和産業の建設資材や機械資材も困るはずですね。事実、鉄と銅は四割も値上がりしています」と樽本が言った。

「生産資本ってどういうこと」と百合子が聞いた。

「たとえば軍需品や化学、金属、機械など時局に必要な物資をつくっている会社がお金をそのためにどれだけ投資しているか、つまり実際に払込しているかどうかが指標ですが、昭和十二年にそれは二十億に達していたのに、その後は減少しています。特にこれから先、東亜ブロック建設に膨大な資本投下が必要なときに、重工業の再生産がうまくいっていないということは重大だと論文は指摘しています」と誠二が説明した。

「生産資本に転じ得る限度は国民経済の規模と構成によって自ずと制限される……と書いてあった。つまり身の丈程度にしかできないということか」と正一が聞いた。

「新たに占領した華北には豊富な物資はありますが、地下に埋もれているだけで開発しないと取り出せません。それには莫大な投資が必要になる――」

茶を淹れに来た枝里子が話に加わった。

「あたしの疑問は、なんで国民は木綿製品を買ってはいけないのよ。木綿は日本の特産物じゃないの」

「日本の輸出は綿糸・綿織物、生糸・絹織物なんて、小学校から習った教科書のきまり文句ですよ」と節子が言った。

「なんで綿がなくなっちゃったか――」と誠二は解説した。

「さいわい中国で綿はたくさんとれるが、満洲、中国にない物資は外国から買わねばならない。鉄、銅、石油、希少金属などだ。それを外国から買うためには外貨というものがいる。外貨を稼ぐには日本から綿製品を輸出しなければならない。たいていの国は綿糸、綿製品を欲しがるからどんどん輸出にまわす。だから国民が使う綿製品なんてもうないということですよ」

興亜院につとめるようになった樽本が補足した。

「綿製品だけではないです。それを買ってもらうために、サービス品としてなんでもかんでも輸出にまわせという時節ですから、砂糖、バター、チーズ、タマゴまで、国民の嗜好品まで削っています。しかも安く売るしかない。安くするには、労働者の賃金を切り下げるしかない。その結果、中小企業の離職失業が大量に出ています。資本家の利益も減る。やがてこれが大企業にむかうと大変なことになります」

「砂糖、チーズ、タマゴは贅沢品なの。そういえば、贅沢品はいけませんって、言うようになったわね」

気づまりな情報ばかりだったので、皆なんとなく黙ってしまった。昭和五年の時のように明るくはずむ気分は出なかった。

八路軍の待ち伏せ攻撃

高遠正夫は父の正一といっしょに南開大学爆撃の時にやってきたが、自分はもう少し天津に居残りたいと言って残ることになった。

節子は、「残るのはいいけど、ここでぶらぶらされていたら困るのよ。あんたは本当に東大を卒業したの」と問いただした。

卒業したと聞くと、「じゃあ、就職はどうするの。天津にいる以上、ちゃんと働いてもらわないと困るのよ」ときつく弟に迫った。

正夫は天津でこれという職業もないので、節子はその年にできた天津第二小学校の校長に交渉して、正夫を図工の先生にしてもらった。学校側は東大出と聞いただけで喜んで引き受けた。正夫は子供たちを郊外に連れていって絵をかかせたり、高学年には木工をさせたりして楽しんでいた。図工の先生は、石家庄などにできた日本人小学校にも行かねばならなかったので、月に二、三度出向いていった。

石家庄は日本軍の本拠地で急速に発展した工業都市だった。

そこは戦場に近いので、天津とはまるで緊迫感がちがっていた。正夫は天津で半分遊びでいる生活を馬鹿らしく感じるようになった。それで先生を一年でやめて、A新聞社の天津特派員になった。節子はまたもや弟の勝手極まる行動に怒ったが、どうにもならなかった。

昭和十三年、徐州陥落、武漢、広州が陥落すると、蒋介石は重慶にこもるようになり、日本軍と対峙状態になり、日本軍は重慶猛爆を行なったが、鉄道がないので部隊を移動できず、地上戦闘はあまり行なわれなくなった。

この結果、華北は空きになり、残っているのは抗日に消極的な国民党中央軍と八路軍だけになった。

満洲から追い出された旧東北軍五万は蒋介石軍に再編されて共産軍掃討に使われていたが、同じ抗日を唱える共産軍と闘うのは馬鹿らしく感じるようになった。大量に俘虜になった旧東北軍兵士に共産軍側が旅費を与えて帰郷を勧めると、俘虜たちは自分たちは帰る故郷がない、共産軍と一緒に闘いたいと言い出し、こうして旧東北軍の多くが共産軍に編入された。

こうして積極的な抗日勢力は共産軍と旧東北軍、平津などの大都市からやってきた愛国的な学生や知識人などになった。

共産軍は、日本軍と正面からぶつかっても装備の差がありすぎて勝てないので、ゲリラ戦で行くしかなかった。敵の弱い後ろの一角をついて損害を与えたらすぐ逃げる忍者のような存在である。これを敵後抗戦といった。しかも武器が少ないので、まず武器を日本軍から奪う作戦をとった。

中国奥地の道路はV字峡谷の狭い道なので、待ち伏せするのに隠れやすく、しかも白兵戦をするにはある程度広い平面も必要なので、そういうところをルート上で探すと必ず見つかる。

そこに八路軍が隠れ、日本軍が来ると一斉に襲いかかり、近距離から手榴弾を投げ、銃で撃ち、すぐ白兵戦にかかり、銃を奪う。

最初に待ち伏せに成功したのは平型関で大量の銃器と物資を手に入れた。それいらい待ち伏せは頻繁に行なわれ、大きなものだけでも、七亘村、張生口、邵家庄などたくさんある。

昭和十三年三月十六日、日本軍第六師団の林清部隊と一〇八師団の笹尾部隊千五百が河北省南部の邯鄲から山西省臨汾まで移動することになり、黎城から長治までの道路の中間点である神頭嶺という地点に差し掛かった。

輜重車や馬車などを伴い、歩兵、騎兵が交互に行進し、二百メートル余にわたる長い隊列だった。高遠正夫は従軍記者として最後尾の報道班の車に乗っていた。周囲は平坦な地域で眺望はきき、まさかこんなところの足許に八路軍が隠蔽しているなどということは想像もつかなかった。

ところが、わずか二十メートルしか離れていない地下の工事に潜んでいた一二九師三八六旅の八路軍が、隊列が標的の範囲に入った時、おびただしい量の手榴弾を足許に投げ込んだ。

爆発でもうもうと土煙が立ち、あたりが見えなくなった。

八路軍の兵士たちは歓声をあげて草むらから飛び出し、刀や長鉾をふるって一人残さず殺して武器を奪う凄絶な白兵戦を展開した。

近くに待機していた八路軍三八五旅団の七六九連隊と三八六師団も到着して隊列を三つに分断して白兵戦に加わった。出鼻をくじかれた日本兵は構える暇もなく、斬り殺され、逃げ惑う背中を機関銃で撃たれ、ほとんどの兵が殺された。

高遠正夫は隊列の最後尾の報道班の車に同乗していたが、戦闘が始まると運転手は、車を反転して山のほうに全速力で避難した。車に取りすがって乗り込んだ三十人あまりの兵が山中の洞穴に潜んで難を逃れた。

午後二時に援軍が到着したときは、八路軍はすでに死傷者を収容して引き揚げたあとだった。

戦場掃除はおびただしい民兵や民衆が待ち構えていて持ち去る物を持ち去り、あっというまにすませてしまっていた。

正夫は戦場跡のあまりにも悲惨な状況を見た。

二百メートルくらいずっと先から道路一面に日本兵や馬の死体が散らばっていた。横倒しになった車輌、くずれおちた物資、壊れた銃、折れた刀、手榴弾の破片、血にまみれた鉄兜、背嚢、水筒、などありとあらゆる物が散乱していた。

戦場清掃員たちは負傷者の後送と戦死者の収容にかかったが、あまりにも死者の数が多いので、現場近くで時間をかけて火葬するしかなかった。散乱した物品は自動車に積みこんだ。

正夫はこの情景を見て精神状態がおかしくなり、物を考えることができなくなった。千五百人近い兵士が短時間に命を落としたのである。正夫は自分の乗った自動車が山に避難したのは、敵前逃亡ではないかと思い、いたたまれない思いにかられた。

正夫が急に内地に帰るといいだしたので、節子は正夫の下宿先に怒鳴り込みに行った。正夫は昼間だというのに布団をかぶって寝ていた。

「何かあったの」

「べつにないよ」

「何かあったら時造からくわしく聞いてこいといわれているのよ」と声をあらげた。

「姉さんに話してもわからないと思うよ」

何を聞いても答えないので、節子は正夫の新聞社に電話をかけて同僚の記者にたずねた。

この記者は何度も家に来てスキヤキを食べていたので、聞き出したことをはなしてくれた。

「高遠君が急変したのは、待ち伏せ戦の現場をみたからです。自分だけが助かったので精神がおかしくなり、思考停止だ、もうここにいる意味はない、記事など書けない……ともらしました」

正夫は二百メートル先まで延々と続く人馬の死体のシーンが終生眼の奥にやきついて忘れることができなかった。

この待ち伏せ戦があった直後に時造は会社独自の情報ルートで日本軍の最精鋭の二十七師団吉田大隊八百が天津からわずかに離れた河間というところで殲滅されたニュースを知った。八路軍がゲリラ戦ばかりでなく運動戦で勝ったことに時造はただごとではないと思った。

陳海棠科長

時造は陳クンが晋察冀辺区の後、勤職で相当の実力者になっているという話をきいて、是非会っておこうと思い、木村という部下一人を連れて行ってみることにした。

共産区の後勤部は、日本人の商人でも商用であれば行くことができる。時造らは保定から車を走らせて行った。阜平は戦場から離れた奥地の地方都市で、ごく普通のビルの一角に供給部があり、面会室に招じ入れられた。

八路軍の制服を着た陳クンが助手を連れて現われた。

「ご無沙汰しました。八年ぶりですね」と陳クンはなつかしそうに右手を差し出して時造の手を握った。そして傍らにいた早稲田大学にいたという若い助手の蔡国仁を紹介した。

「陳クン、少し太ったんじゃないかい。貫禄がでてきたぞ」と時造がからかうと、「この戦時の食糧難の時代にそんなことはありませんよ」と陳クンも昔の口調で返し、笑った。

ひとしきり雑談をしたあと、時造は用件に入った。

「ご存じだと思うが、天津も外粉は入らなくなり、食糧統制をしている。僕たちは日本人も中国人もまったく同等に扱っている。僕たちは華北の各地区から収買をしているが、どうしても農民の供出がすくない。天津では市民が困っているからこちらの辺区からも出してもらいたい。重ねてていいますが、これは日本軍や日本人のためにしているのでなく、天津市民に食糧を公平に配給する為に食糧統制をしているのです」

陳クンは、「それはわかっています」と前置きして、辺区はきびしく経済封鎖されている中での貿易体制について説明した。

辺区が敵側に持ち去られて困るものは小麦、綿、鉄鉱などであるが、辺区の欲しい物資と見合うならば、例外措置として貿易の原則は物々交換が原則であると強調した。

陳クンは辺区が一番求めているのは、傷病者の薬剤、辺区では生産できない機械類、塩、マッチなどである、これらは天津の仏租界でも都合できるが、途中の量的輸送に問題があると言った。

時造は収買したい小麦の量とこちら側が提供可能な条件をのべると、陳クンはメモに書留め、「うかがったお話はただちに検討しますから、今日はゆっくり宿泊されて辺区内のいろいろなところを見学してください」と言った。

陳クンが案内してくれた総部の面積は奥が見渡せないほど広く、運動場にはバスケットボールコートがあり、盛んにボールを投げあっていた。

大きな病院があった。海外の同胞や外国からの寄付でできたという。病棟には傷病兵のベッドが奥までずらーっと並んでいた。白衣を着た医師や看護婦がたくさん立ち働いていた。看護学校生徒や北京や天津からきているボランティアの女学生もたくさんおり、カナダやインドからきた国際医療団の医師たちもいた。

別の病棟に四人の日本兵が寝ていた。

時造が話しかけると、ただ一人が応じただけであとは無言だった。その一人は半身を起こしてうやうやしく敬礼し、自分は佐賀県の出身で、負傷して八路軍に収容され、手厚い治療を受けたと答えた。

日本人医師が一人いた。石家庄で外科の開業医をしていたが、それを投げ捨ててここに来たという。彼は、医薬品がとてもたりません。消毒薬や包帯は外国や香港から入りますが、それでもまだまだ不足です、と言った。

彼は日本人捕虜がいるところに案内してくれた。

レンガで囲った風呂場が作ってあり、二人が頭にタオルをのせのんびり浸かっていた。

「日本人はどうしても風呂に入りたがります」と言って笑った。

「あなた方はここでふだんなにをしているのですか」と時造が俘虜に話しかけたが、互いに顔を向き合わせて無言であった。

そのうちの一人は、労働はしていない、八路軍の兵士に簡単な日本語を教えている、作戦のとき、追い詰められた日本兵のそばに行って、銃を渡せば八路軍は捕虜は殺さない、と言ってやったり、あなたは日本で生まれて中国で誰にも看取られないで死ぬ、こんな悲しいことがありますか、と言ってやったりします、と答えた。

陳クンは、八路軍は以前は相手の戦力を一人でも殺すことを主眼にしてきたが、今では銃を渡した者は殺さず、傷病兵はひきとって治療を施し、彼らを教育して日本帝国主義の本質を理解させ、わが軍の有力な宣伝媒体にしていると言った。

ホテルはけっこう豪華で快適だった。晩餐は供給部部長の周文竜も加わり、鶏肉の料理が出た。翌日午前、陳クンと時造のあいだでビジネスがきまり、時造は周部長と相互に契約書にサインした。

陳クンは、ここまでおいでになったのですから、近傍を馬車で散歩してみませんかと誘った。馬車でしばらく行くと、公路にぶつかった。公路は土を盛り上げて二メートルほどかさ上げしてあり、その上を日本軍の自動車が疾駆していた。

そのわきに深さ二メートル、幅三メートルの側道があり、一行の馬車はその中を通行した。外からはそれは見えない。ところどころに交差できるようなロータリーもできている。

これは日本軍との妥協の産物で、最初は日本軍が住民を強制して公路を建設させたが、住民は自分たちの道路がないと言って公路を壊す抵抗を始めた。

日本軍は怒って再び大量の農民に強制して現状に戻させた。すると住民はさらに一夜で公路を破壊した。こういう闘争を何度も繰り返した挙句、妥協の産物としてこのような側道ができたという。

陳クンは、見てごらんなさいといって道路わきにある監視塔を指さした。二十メートルくらいの高さの堡塁の上でつけ剣をした日本兵が歩哨していた。このような堡塁が数百メートルごとにあり、互いに電話線や光線で連絡できるようになっていた。

日本軍は兵力が少ないので分散配置し、塀をつくり、濠を掘って八路軍を一兵たりとも寄せ付けないマジノ線を構築していた。

「すごいでしょう。中国人は〝朝、起きれば日寇の自動車の轟音、見上げれば保塁と監視塔〟というざれ唄をつくって嘆いています。だけど要するに、我が国は民国になってから三十年もたっているのに、工業力がまるで発達しておらず、長距離砲がないために、これしきの堡塁も破壊することができない。もしソ連のように長距離砲があればああいうトーチカは簡単にこわせるのに」

と陳クンは嘆いた。

保定で陳クンと別れてから時造と木村は駅のコーヒーショップで列車を待つために時間をつぶした。

「とにかく点と線のすごい光景をみましたけど、あれを説明してくれたのは陳さんでしょ。考えてみたら陳さんはわれわれの敵国の人なので、笑ってしまいました」

と若い木村が言った。

時造はコーヒーカップを口許にちかづけたまま言った。

「ソ連のように長距離砲があれば、トーチカは簡単に壊せるといっていたが、僕はそのとおりだと思って聞いていた」

「薬剤を入れるのが交換条件ですが、どうやって入れるのですか」

「それはいろいろ偽装ができる。一番簡単なのは河南省の国民党の湯恩伯将軍のところを通してやればいくらでも送れる。ただし余計な手数料がかかるが……」

「部長はもともと自分は日本人か中国人かわからないと言っておられましたよね」

「僕が十九歳のときに来た時は大正で、あのころは満洲も大陸も一つにつながっていて、物資はありあまるところから足りないところに運ばれ、南船北馬といって互いに商売がなりたっていた。しかし、今は満洲国が切り離され、華北が華中、華南と切り離され、経済がずたずたになった。この国はもっとのんびりしていていたのに、そうではなくなった。僕は昔の中国を懐かしく感じるよ」と時造は自嘲的に笑った。

つまづきの昭和十四年

昭和十四年六月十四日の朝、節子は自宅近くの日本租界とフランス租界との境界に、いつの間にか鉄条網が張り巡らされているのを発見した。「小心有電」という立て札が柵に打ち付けられていた。

この意味は何かとアマに聞くと、「電流が通っているから注意」という意味だという。昨日の昼にはなかったのに、誰がやったのか、一晩でこんなものを張りめぐらせた早業にまったく驚いてしまった。

耳をすますと電流がブーンと鳴っていた。

いったいこれは何だろうか。

時造の説明によると、程錫庚という連合準備銀行の天津支店長が四月に英租界で暗殺されたので、日本側が英租界工部局に犯人引き渡しを求めていたが、拒否されたため、日本軍がはらいせに租界封鎖という対抗措置に出たのだという。

かねてから英仏租界は抗日分子の巣窟である上、法幣が流通しているからいくらでも物資を外国から輸入できる場所である。日本軍としては敵性地域が目の前にあるようなもので、この際これを断平消滅させてしまえという強硬論が出ていた。

下村一家が日曜日にフランス租界で映画をみようと旭街を人力車で走らせたが、日本人は何の検問も受けなかった。しかし、中国人、外国人は検問所を通過するのに長蛇の列をつくっていた。

中国人はもちろん、外国人も通行証を提示しないと租界に入ることを禁止され、日本の憲兵が租界に入る者に上着を脱がさせ、ポケットの物を出させ、乱暴に主婦の手荷物をひっくり返していた。老婦人の買物籠から転がり落ちたジャガイモが道路一杯に散らばったが、憲兵はそれを足で蹴飛ばした。

節子はその情景をちらと見て、あすこまで乱暴にしないでもいいのにと思った。

租界封鎖の措置に一番困ったのは時造である。

このおかげで米州粉や豪州粉が入らなくなったからである。

外国銀行は日本側の連合準備銀行が発行した連銀券を受け付けないので、法幣が手に入らなくなれば、時造は外国粉が輸入できなくなる。これはM物産にとって致命的な問題だった。

物が英仏租界に入らなくなったので、物価はみるみる急騰し、租界に住んでいる三十万の住民は野菜を買えなくなって窮境に陥った。

ロンドンでの有田・クレーギー会談で租界の工部局がやっと犯人引き渡しに応じ、抗日運動の取り締まりに協力することを約束した。だが、連銀券の流通に協力するが、法幣の禁止にまでは至らず、外国銀行と横浜正金銀行で共同管理することでようやく決着したので時造は一息ついた。

時造はそこで法幣を手に入れて洋粉を入れることができたが、アメリカの銀行もまきこまれたので、アメリカが黙っていなくなり、いきなり日米通商航海条約を廃棄してきたので、米国粉は入らなくなった。カナダ粉も豪州粉も入らなくなり、時造はまったく困った。日本粉で糊塗《こと》するしかなかった。やがてくず鉄の対日輸出も禁止になった。

くず鉄が入らなくなったことは内地の製鉄業界への打撃がおおきかった。

雨も降らないのに水害

下村家の次男、裕は学校でいじめにあっていたので、長い夏休みが終わって二学期が始まるのが嫌でたまらなかった。天変地異が起こって学校そのものがなくなってしまえばいいのにと思っていた。

ところがそのねがいどおり天変地異が起こった。

天津から渤海湾に流れ込む海河につながる数本の河川が決壊し、天津市内は八月二十三日、大洪水にみまわれた。

昭和十四年春、中国大陸は珍しく内蒙古の奥地まで低気圧に覆われ、潮白河、北運河、永定河、灤河の上流で三十日から四十日間、集中豪雨が降り続き、広い範囲で決壊した。しかしその水が天津に到達するまで一か月かかるといわれ、新聞は七月末から一斉に、水はどこそこまで来た、天津につくのはあと何日かかるという予報をはじめた。

一面海のようになった写真がのった。

しかし、天津は酷暑の最中、毎日カンカン照りが続いているので、在留邦人たちは、ほんとに大水がくるの、ずいぶん大陸的な話ね、と首をひねっていた。

しかし奥地のみでなく北京北部の昌平、三家店あたりの地域に集中暴雨が降り、かててくわえて南シナ海沿岸に三本もの台風が上陸して暴風雨を降らせ、大清河、子牙河、南運河が決壊して、水が南北から天津市街を目指して流れこむようになった。

時造は七月中旬の時点で、水はたいしたことはない、日本租界に来ても水位は最大十八センチくらいでおさまり、一週間もすれば引くと楽観していたが、この情報は北方の河川氾濫のみをみての判断で、南の諸河川の氾濫まで読んでいなかった。

そのうちだんだん報道に深刻度が加わってきて、民団の人が各戸をまわって「今のうちに水を容器に満タンにし、缶詰を買っておきなさい」、「家の前にレンガとセメントで水が入らないように防波堤をつくりなさい」と指導に回ってきた。

下村家はバケツ、盥《たらい》、石油缶、洗面器、風呂桶などありとあらゆる容器に水を貯えた。使用人の住む地下室は水が来るので、彼らを一階のダイニングルームに引っ越させた。老婆が大事にしている棺桶は物干し台にひきあげて柱に括り付けた。

節子は米、麺袋、缶詰類などをたくさん買ってきた。どこの商店も売り場はガラガラになっていた。

八月二十三日十二時××分、日本租界にサイレンがなりひびき、節子と裕がベランダから見ていると水の舌が両側からさっとやってきて乾いた道路を濡らしたかとおもうと、みるみる水嵩を増して一面の水たまりになった。通行人たちはあわてて逃げ散った。

時造と裕は長靴を履いて家の周囲を歩いてみた。排水溝に流れ込む水の音がすさまじかった。

水位はだんだんくるぶしあたりまでになり、夕方までに大人の胸のあたりまで達した。

各戸がレンガとセメントで苦心してつくった防波堤はあえなく無用の長物になってしまった。

水がごうごうと音を立てて使用人のいた地下室に流れ込み始めた。

最初の頃の水は青々として美しいくらいだった。

翌日になると子どもたちはベランダから種々様々の手製のいかだやタンスでつくった小舟、たらいにのって漕いでくる一寸法師のような人たちの珍妙な通行をみて腹をかかえて笑った。子どもにとって悲壮感などなかった。

そのうちに白衣をきた医師と看護婦をのせた短艇が回ってきて、邦人は予防注射をうけた。

それ以外に野菜等の食糧、雑貨などを積んで売りにくる舟がまわってきた。物を買うときは、ベランダから籠に金を入れて下ろし、商品を引き上げた。

新聞配達もそうして受け取った。

使用人の長男ターゴーや隣の伯坊は面白がっていかだにのり、ひっくり返って大笑いした。ある人はベランダから糸をたらして魚を釣ったなどという記事が新聞に乗った。

しかし、こうしたユーモラスをたのしむ余裕がいっぺんに飛んでしまう時期がやってきた。

節子は、下水道が使えなくなり、トイレが流せなくなると聞いて青くなった。

汚物が一斉にながれてきたら伝染病が蔓延することは目に見えている。ただごとではないわ、と騒ぎ出すと、時造は水は一週間でひくからその間だけ我慢すればよいと依然楽観していた。

下村家から数百メートルしか離れないビルが大火災を起こし、火の粉が下村家のベランダまで降ってきた。消防車もこないので一晩中焼け続けた。またその後数日して近くの浪花街のビルが大轟音を立てて倒壊した。レンガとレンガを接ぎ合わせているセメントの量が少なかったため、その部分が水に溶解して崩れたのだという話だった。

節子が裕を連れて行った歯科医院が入っているビルはちょうど倒壊したビルの向かいで、倒壊したビルのレンガが山のように水面から突き出ていた。歯医者は自分のビルも同じ建設業者らしいので近く引っ越すといい、節子はいまにも倒壊しないかとびくびくした。

最初きれいだった水がいつの間にか、真っ黒によどみ始めた。そこに無数のごみや豚や犬の死骸がただよってきた。恐怖に達したのは女のうつむきになってふくれあがった死体が流れてきたときだった。

時造は、会社から家族は内地に帰すよう指示があったといい、君たちはすぐ帰れということになり、急転直下、節子母子は帰国の準備にかかった。

船会社が用意したはしけに数家族が乗せられて天津の市街を通っていく間、節子は避難できない中国人が悲惨な状態でいるさまをみて心がふるえた。

一階建てのほとんどの家や商店はやぐらで床を高く持ち上げてその上で暮らしていた。寝ている人間の鼻先が天井につくくらいで、もしあと一寸、水かさが増したらどうするのだろうと心配になった。

はしけが市街を出ると、茶色の海がはてしなく広がっていた。

水のなかから樹の梢が遠く近く突き出ていた。風が吹いて波が起こっていた。

避難民ははしけから海河に停泊していた小汽船に乗り換え、さらに小汽船は沖待ちしていた定期船に横付けになり、船と船との間に差し渡した板の上を乗客たちがおっかなびっくりで移乗した。船員たちが両側から声を掛け合い、女や子どもは、待ち構えていた船員が手を伸ばして船内に引っぱり込んだ。

三等船室の中は人でいっぱいだった。裕が「うちはいつも二等だよ。二等じゃなければいやだ。こんなところ」と言ったので節子は「今度は避難民なのだから二等も三等もないの。わがままを言ったらママは怒るわよ」と叱りつけた。

畳を敷いた三等船室は人でいっぱいで、子ども連れの家族が菓子や落花生をたべていたり、トランプをやっていたりしていた。寝転がっている人もいた。隅にいた身だしなみのよい中年の婦人が、この辺にお座りなさいと空間をあけてくれた。節子はこの婦人とすっかりなかよくなり、船中で三日間退屈しないで済んだ。

門司に着くと、節子は正一のすきな瓶詰の雲丹と聡の喜びそうな文房具を買って、汽車にのった。

東京駅につくと、正夫と聡が迎えに来ていた。聡はしばらくぶりで母親に会った喜びで興奮して飛び跳ねてあるいた。急に背がたかくなっていた。世田谷のわりといい中学に入学が決まったという。

円タクで一年ぶりに赤堤の家にたどりつくと、枝里子と百合子が玄関まで出て「あぁ、よく来たね。今度は水が退くまでゆっくりしておいき」と慰めてくれた。

今度の滞在は長引くおそれがあるので、節子は枝里子と相談して、裕を下高井戸の小学校に一時転校させることにした。百合子の娘、恵も同じ学校なので裕は恵と一緒に通うことになった。

ノモンハン事件で幹夫重傷

十月四日の「朝日新聞」夕刊に陸軍ノモンハン事件説明として、我戦死傷病一万八千というトップ記事が出た。これほどの大きな損害を報道するのは珍しいので、世の中を衝動した。

この一万八千に岡崎幹夫が入っているかどうかはわからなかった。

前の年の七月、下関からハイラルに出征した幹夫は二十三師団の歩兵連隊長となり、ホルスティン河南岸のノロ高地の敵を攻撃し、一時占領して多大の戦果を挙げた。

しかし全体の形勢は、ソ連の長距離砲と戦車の威力がすさまじく、日本のタンクも大砲もソ連にかなわず、関東軍はタンクの消耗を止めるために前線から引き揚げさせた。

戦場が広すぎて、各隊はバラバラになって連絡がつかなくなった。

参謀長大内孜大佐が戦死したので、幹夫が後任となり、戦場を総指揮することになった。

二十三師団は圧倒的な兵力のソ連軍に包囲され、八月二十九日現在、一万二千の兵力がわずか四百名に減ってしまった。

午後六時、敵の狙撃兵が師団の指令所に近づいてきて日本兵を撃った。他のソ連兵は至近距離から手榴弾を投げた。

この手榴弾が総参謀長の幹夫の右足をめちゃめちゃにつぶしてしまった。

軍医たちはすぐさま、草でカモフラージュし、土を盛り上げてつくった一時しのぎの手術台に幹夫を寝かせ、患部を懐中電灯で照らしながら局部麻酔して切断手術を行った。幹夫は手術中も一言も発せず痛みに耐えた。

幹夫は無事ノモンハンに後送され、ハイラルの野戦病院で再手術を受け、ハルピンの陸軍病院で療養中、百合子は一か月滞在して介護した。

節子は本になった『ノロ高地』を見て、姉さん、大変ね、と手紙を書いて慰めたが、武人の妻である百合子はますます気丈になった。

幹夫が東京小石川の陸軍第一病院に送られてきたので、十一月の良く晴れた日に枝里子、百合子母娘、節子母子の六人で見舞いに行った。幹夫はとても元気で、ほらみてごらん、と右足の切断面を見せてくれた。太ももの中間から失われており、切り口を皮で包んで乳房のようにまるくすぼめて縫ってあった。まるでソーセージみたいだった。

幹夫は「すごく金をかけていい義足を注文中ですから、それができたら普通に歩けるようになりますよ」と意気軒高だった。

しかし、昭和十五年五月十二日の深夜、幹夫は精神異常になった隣室のY陸軍大佐から軍刀で十数回にわたって斬りつけられ絶命した。

犯人の大佐は陸士二四期生で幹夫の一期先輩であったが、親しく話したことはなく陸軍病院で隣室になってから初めて顔を合わせただけだった。

彼は昭和十四年三月二十四日、山西省での戦闘中、左胸部および右上膊《じょうはく》部に小銃弾の貫通銃創を受けて神経叢が損傷し、左上肢が麻痺して治療を受けていた。

しかし、銃創の程度で精神異常を来たすことはなく、戦場の異常体験で発症したとみるべきであろう。

精神異常をきたした兵隊は千葉県市川市にある国府台陸軍病院に隔離的に収容されていた。発症者は山西省ほか河北省での戦闘が最も多かった。Ｙ大佐が小石川の陸軍病院に収容されたのはおそらく上級将校であったからであろう。

しかしこのような詳細は一切知らされず、当時遺族が受けた通知は、幹夫が精神障害のある患者から軍刀で斬殺されたという事実のみで闇に葬られた。

昭和十五年五月十六日、元二十三師団長小松原道太郎は幹夫の盛大な葬儀に参列し、弔辞を述べた。

「――昨年ノモンハン事件勃発スルヤ君ハ第一線部隊長トシテ嚇嚇タル戦功ヲ樹テマタ参謀長トシテ縦横ノ機略ヲ尽クシテ作戦ヲ有利ナラシメ、殊ニ八下旬ノ戦闘ニ際シテハ率先陣頭ニ立チテ勇戦奮闘シ重傷ヲ負ウモ屈セズ、ソノ勇敢無比ノ行動ハ実ニ将兵ノ亀鑑タリ――」

一万数千の部下を失った男がおめおめと生きながらえてこのように述べた。

節子は下関で幹夫の出征を送り出した頃を思い出し、わずか二年たらずで、幹夫が帰らぬ人となったことに信じられない思いをした。

平衡倉庫

昭和十五年という年は、だんだんいままでの生活秩序がおかしくなり出したことを国民が感じ始めた年だった。

いちばん困ることはどんどん物価があがってくることである。物がない、物がない、だから物価があがるというのがきまり文句で、評論家たちは、在庫はある、紙は十分あるのに誰かが買い占めているから三倍になっている。金を持っている奴が自分の商売に関係のないものまで手を出して買い占めて値段をあげている、と糾弾した。

お米だけは大丈夫だと言われてきたが、需要が増えて百万石たりなくなり、政府筋は慌てだした。

一日一人二合二勺の配給というのでは、高遠家は正夫、聡、恵などの食べ盛りをかかえて、いったいどうするかが問題になった。お代わりは三杯まで、四杯目は軽くするかしないというのが問題になった。裁判官の家が闇米を買うわけにはいかない。

「年寄りは食わなくても食べ盛りにそこまでする気はないな」と正一は言った。

「でも、六杯も召し上がるとお櫃がからになってしまう……」

とタキがいった。六杯の犯人は誰か、皆わかっていた。

「七分搗きにしたりして、節約させるつもりなんでしょうが、なんかケチでなさけないね。玄米食でもいいという人もいるんだから、そこは自由にしたらいいんだよ」と枝里子が言った。

節子の帰津が迫ってきたので、誠二や樽本などをよんでスキヤキで送別会をした。酒が入ると誠二の饒舌がはじまり、みながそれぞれ世相批判に加わった。

正一は、どうして物価が上がるのかと聞いた。

「酒造米五百万石が三百万石に減らされたので、酒はまちがいなくあがりました」

と誠二は徳利を傾けながら言った。

「物価があがる理由は百も二百もありますから、あげればきりがないですよ。商人の人に言わせたら立板に水でしゃべるでしょうよ。一口で言えば〝物が動く〟から。物を動かしているのは世の中全体だから、役人も政府もこんな富士山のようなものをとめられませんよ」

「今日のおじさんはえらく抽象的でわからない」と節子は言った。

「人間が動かす物動でなく、物自体が動く物動」

「つまり闇値で動いているということですか」

「人間って手許にある物や金でなにかもうけられそうだと思ったら、物はとっておき、値上がりになりそうな物に投資しますよ。金があるうちは」

「だから闇値。経済学の古典法則じゃあないですか」と正夫が言った。

統制方面にも関わっている樽本は、「統制価格を各分野の標準になる製品につけているんですが、どこのメーカーも統制基準を外した商品を何十種類もつくって値を高くしているんです。だから統制価格が最低価格なんです」と言った。

「みな、統制がいやなんだよ。だけどこの先、物がなくなる。誰でも自分がかわいい。それでも輸出価格は下がる、公債発行はだぶだぶ。それで戦争もしていかなければならないんだよ」と誠二は言った。

明日、節子親子の出立なので、女たちは早めに寝につくことにした。

四日間の長旅のあと、塘沽《たんぐー》の波止場につくと、節子母子はデッキから岸壁の父親を捜した。三男の猛が「パパはあそこにいるよ」と指さす方向を見ると、時造はいつもの電柱の真下に立っていた。ハンチング帽をかぶり、一方の長い脚をわずかにくの字にして立っている姿はまさに男の姿だった。節子はこの時の時造のすがたが好きだ。男のセクシイな魅力というのであろうか。母子がデッキから下りて近づくと、時造は「おお帰ったか」とうなずいただけで、余計なことは聞かない人だった。税関の審査はトランクを開いただけで簡単だった。

天津の家の玄関の支柱に水害の水の高さの線が残っていた。聡が可愛がっていた犬のシロは死んでいたが、裕が可愛がっていた猫は使用人に飼われていた間に毛がすっかり汚れて、裕が抱こうとすると爪をたてて逃げた。

中原公司が近代建築風に美しく様変わりしていた。しかし、上の搭の部分が黒く焼け焦げているのは八路軍のテロによって火災を起こしたからだという。

新学期が始まって裕が四学年の新クラスに顔を出すと、昔の仲間が歓迎してくれたが、その連中は少なくなっていた。

クラスの半分以上を占めているのは内地からやってきた新顔の子で、青洟をたらし、足の親指が運動靴の穴から覗いていた。方言を使うから何を言っているのはわからなかった。

満鉄の子会社である華北交通の子がクラス中に八人もいて目立った。華北交通は華北全域の交通をマネージしており、青い戦闘帽をかぶって兵隊のような恰好をした社員が鉄道の沿線の警備員に動員されていた。その他は中国から接収した軍管理企業で働いている労働者の子どもたちだった。

日本帝国主義の特徴は無用不良の人間までぞろぞろやってくる。彼らは麻薬の売買、中国人の店を軒並みおどして金をたかり、他の不良を追い払う用心棒をやってみかじめ料をかせいでいた。

わずか一年足らずのうちに天津の変わりようはすごく、邦人はなんと八万人に達し、宮島街の松坂屋に次いで旭街に大丸が出店し、三好野というアンミツ屋までが支店を出した。

日本租界だけでなく他の旧租界にも日本人が増えて小学校の分校ができた。

日本人たちはもう外国租界に行かなくなった。

いじめられっ子だった裕はまたいじめられる世界に戻るのを恐れていたが、なんと昔のいじめっ子が俺の乗馬になれと言ってきた。

裕は身体が大きくなったので昔のいじめっ子を負ぶって乗馬役になると、自分もいじめられずにすみ、逆に威張れるようになった。しかし、クラスの雰囲気がまるで変ったので、いじめっ子の乗馬役はやめ、内地から来た子を加えて新しい三人組をつくり、絶対にいじめられない体制をつくった。

時造の課に部下が増えたので、課長夫人の節子は月一の食事会を開いて部下の夫人たちを招いた。若い夫人たちがきらびやかな和装で集まると、部屋中が花が咲いたようになり、帯の間から香水がほのかに匂った。

全国から来ているので、お国はどこ、という話から始まり、出身地の話でもりあがった。珍しい習慣や食べ物などの話を聞くとへーと、皆、口をおさえて驚いたり、笑ったりした。

大阪の夫人は長い手を振り回して浪花弁まるだしでしゃべり続けた。

そのうち、月一でここでお習字会をしましょうという話になった。

五、六人の夫人と子どもがあつまり、掛け持ちでまわってくるお習字の先生が、うしろで一緒に筆を持って書き方を教えた。字がうまくなって一等賞をとった節子は民団の会館に飾られた。

もう一回の月一の日曜日は兵隊さんのサロンにした。

節子は、休日になっても売春宿などに行かない真面目な兵隊が行くところがないときいて、家においでなさいと招いた。

彼らは昨日まで普通の職人であったり、勤め人であったりしたおとなしい人たちだったのに、いきなり召集されて戦地で苦労し、場合によっては死ななければならないのはかわいそうでならなかった。

有名な京都の老舗の板前をしていた人がいて、材料を買いに行ってくれ、調理してくれた。さすがに各段の味で、現地の魚はまずいと言って食わなかった時造もこのときだけはは目を細めて食べた。

兵隊たちは戦場で経験したことを何事も語ろうとしなかったが、大学にいたという兵士は、胸の内をひそかに語った。

「僕はあんなことをしてしまい僕の人格は崩壊してしまいました」

節子は住民を簡単に殺してしまう戦場の残酷性を知らされた。

その人は、霧島昇の「父よ、貴方は強かった」などの軍歌を子どもたちがを歌うと、そんな歌を歌うのはやめなさいと声を荒げて叱った。

この年、下村時造は財団法人華北食糧平衡倉庫天津支部長に就任した。小麦粉方面の第一人者であることが推薦された理由であった。

「商業学校出の僕がこんな大役をおおせつかるなんて夢にも思わなかった」と時造は感激さめやらぬていで節子に言った。

節子は、男という者はどうしてそれほど出世とか名誉にこだわるのかと不思議に思った。夫がそんな大役についたからといって誇りがましくもなんとも思わなかった。それよりも夫がだんだん自分の手の届かない世界に飛翔していってしまうことが恐ろしかった。

平衡倉庫とは、天津市民百六十万人に対する食糧の収買と配給機構で、食糧不足から際限ないインフレになることを防ぐため、内地とおなじように華北でも始めた食糧統制機構である。特にここでは食糧暴動を未然に防ぐのが目的だった。だから名誉職というのとは程遠いしんどい仕事である。

時造としては特に軍と軍需生産は特別供給するが、天津に住む市民には差別なく統制を実施しなくてはならない。

しかし時造の得意としていた洋粉の輸入はゼロになり、日本小麦の輸入以外は入らず、日本商社に華北の農民から収買させる数量が唯一の配給源であった。

天津の平衡倉庫は海河沿いに建てられた巨大な倉庫で三階建てに相当する高い天井まで食糧の

袋が山と積まれていた。

毎日おびただしい馬車がこの倉庫に押し寄せ食糧を荷下ろしするので道路は渋滞し、馬車の上にたまったわずかな粉を箒で掃いて盗もうとする者を追い払う巡捕の警笛と怒号ですさまじい雰囲気だった。

事務所に入っていくと、広いフロアにおびただしい数の中国人の職員が肩を寄せ合うようにならんでソロバンで作業をしていた。それを時造が一段高い位置に座ってみていた。

時造の重要な職務は公平な配給を実行すること、情実や横流しなどの不正を絶対に許さないことで、融通が利かないと言われ、一部の職員から憎まれていた。

昭和十四年の水害以来、華北では食糧が出回らず、天津中の小売店にカンカラを下げてわずかな配給量を受け取ろうとする市民が長蛇の列をなした。出回っている小麦粉は早くも不良品が出て、粉に水分を加えて重量をごまかしたものはあたりまえであり、ひどいのは砂などを混入していた。

天津在住の日本人には天津産のコメが当てられ、中国人には小麦粉と雑穀が決められた。

この制度が始まると、激しいブーイングと共に陳情合戦が起こり、下村家はそれを全面的に受ける身になった。あらゆる団体、個人から小麦粉を一袋でも多く配給してくれという陳情が殺到し、使用人のアマでさえ、ひそかに二袋ほど融通してくれと言ってきた。

下村家の地下室に小麦粉を隠しているという悪意ある宣伝がなされ、いきなりやってきて地下室を確かめに来る者が現われた。会社のほうも、下村家に何らかの危害がくわえられることを心配して、護衛をつけ、安全な地域に引っ越しを勧めてきた。

支部長夫人になった節子は、民団会館で日本人主婦を相手に代用食の食べ方キャンペーンを行なった。

「みなさん、あたしたちも補充食に粟や高粱などの雑穀もすすんでいただきましょう」

と、栄養士をよんで日本人にはなじみのない粟のおかゆや高粱のパンをつくって試食会をした。しかし、結果は散々で、粟のおかゆは砂糖を入れない限り日本人にはたべられない、あたしたちはカナリアじゃないわという人が多く、それで砂糖をたっぷりいれると、ではなんのための食糧統制なのということになった。

ウオートウと呼ばれる高粱粉のパンは下級労働者や人力車夫などが食べている最低の食品で、高粱の粉を練って中をくりぬいてピラミッド型につくり、それを蒸して、わずかのオシンコをつけて食べるもので、日本人にはまったく受け入れられなかった。輪切りにして焼き、バターをつければまあまあだが、それではかえって高い物になり、誰も見向きもしなかった。

下村家は旧英租界に引っ越すことになった。上流階級の人たちが住む一角があり、高い塀で囲まれていた。正面は鉄の両開き門にいかめしい門番がついていて無用な者は簡単に入れないようになっていた。

節子は七室もある部屋数を見て、これでは掃除が大変だわと思った。結局使う部屋は五室にとどめ、二部屋はそのままにした。部屋そのものが広く、須磨街の家の二倍もあり寒々とした感じだった。

節子はこんな家はとても管理できないので、枝里子に相談して東京から新しく雇った女中のコトに来てもらうことにした。

この家に来て困ったことは、今までしょっちゅう遊びに来ていた人たちがさっぱり来なくなったことだ。たまにくるのは李さんくらいで、節子は孤独に苦しむようになった。

知り合いに電話して遊びに来てねと頼んだが、一回は来ても二度はこなくなった。英租界は広くて歩き疲れる、道をどうあるいていいかわからないというのが返事だった。

同じ区画に住む人たちはほとんど姿をみせず、いったいどんな人たちが住んでいるのかわからなかった。中国人と結婚した日本人女性が一人いたが、この人は日本人会のお付き合いを辞退してきた。

毎日の生活は、子どもたちを人力車で学校に送り出し、もどってきた車で今度は時造が出勤した。その後の時間がいちばん節子が落ち着ける時間だった。

すこし動くと胸がぜいぜいするので、背もたれのゆったりした籐椅子で休んだ。話し相手はコトしかいなかった。コトは十四歳で房州冨浦の半農半漁の家から来た女中で、今では二十歳を過ぎていた。節子はコトと語り合って貧しい人たちの暮らし向きのことがすこしわかるようになった。

「あたしのところはキクチャンのところと違い、小さな舟一艘しかないんです。それも手漕ぎか帆立ですからあまり沖には行けません。鯖とかアジとかイサキとか金目鯛しか取れません。一番上の兄は海に出ると酔うので、農業をやっています。それでも朝、網をあげると、雑魚がいっぱいかかっています。市場に出せない小さなものはそれをすぐ開いて鮨にしますので、母はお鮨屋さんなみに握りがうまいんですよ」とハルはうれしそうに言った。

午後二時すぎに身体がすこしおさまると人力車に乗って買物に行った。わざわざ日本租界の大丸までいくことが多かった。

節子は店内に立っている時間が長いとつかれるので、すぐコーヒーショップに入り、胸が静まるまで待った。

太陽の光線にすかして見ると微細なごみが空中に浮遊しているのが見える。内地の何倍ものゴミだ。この中には有害なばい菌もいるはずだ。

しかしこの同じ空気を吸ってもなんとも思わない人間が多いのはなぜだろうか。なぜ自分だけがこのような症状になやまされるのだろうか。

これまでに様々な医者の診察を受けたが、有益な結果を受けたためしはなかった。高遠家と時造は節子のぜんそくの治療にありとあらゆる手を尽くしてきた。高価な磁気を使った治療器を正一は買い与えて試したが、その効果はよくわからなかった。

節子は自分の命はそれほど長くないと思うようになり、自分が死んだ後の事を考えるようになった。自分は男の子三人を産んで、栄養を吸い取られ、身体がぼろぼろになったのを感じていた。カルシウム分を取られて三十代で総入れ歯になっていた。二十代の頃の美貌は衰え、目瞼のしわができるようになった。魅力だったえくぼが次第になくなっていた。

自分が死んだあとに残った男の子三人はどう生きていくだろうか。長男と次男は仲がよくない。三男は乱暴で、学校ではいじめっ子である。

この三人が大人になったとき、きっとうまくいかなくなるだろう。それぞれに嫁がついたらさらにうまくいかなくなる。それで、もし四人目に女の子ができたら、兄たちは妹を可愛がり、妹は兄たちの間に分け入って仲裁役をうまくやるのではないだろうか。

三人の兄を、叱ったりいさめたりする気働きがよくてかわいい妹。節子はその姿が見えるような感じがしてひとり悦にいった。

そうだ、そういう女の子を産もう、今政府が言っている産めよ殖やせよではないが、節子はどうしても女の出産限界年齢といわれている三十六歳までに産みたいと強く願うようになった。しかし今の健康状態で果たして妊娠できるだろうか。とにかく自分が健康にならなければ出産もできない、と強く感じるようになった。

そのころ、東洋医学士の資格のある人が枝里子から紹介されて下村家に一泊した。どこか古刹の名僧を思わせるような雰囲気の人だった。

節子の病状をくわしく聞いて、その病気を治すには、大変な決心がいりますよ、と強く断言し、国府津に有名な関東断食寮というのがあって、関東一円から患者があつまって共同で難病の治癒に励んでいるからとにかく話を聞いてこられたらどうかとすすめた。

あなたの病気は、もうそれしかありませんよ、という響きがあった。

節子は彼の話を待っていた救いの言葉のように感じた。

『断食療法の時代』という本をとり寄せて読み、来年の夏、里帰りしたときにここに入ろう、まず自分の心身を健康にしてから女児を産もうと心に決めた。

関東断食寮

昭和十六年夏、天津から持参した物は乾燥牛肉やキャンデーではなく、南京豆油半ガロン、砂糖二キロなどの重いものだったが、裕が力もちになっていたので可能だった。

円タクは長距離は断られたので、品川から渋谷に出て玉電に乗り、六所神社までくれば歩く距離がすくないのでそれを選んだ。

翌日の日曜日はお汁粉をつくり、大人用を小分けた後、子ども用はお湯をジャーッと足して量産した。聡は汁粉を八杯もお代わりし、恵でさえ四杯もおかわりした。皆、黙って一心不乱に食べるのを見て百合子は吹きだした。

「食べるときはみな口がふさがっているからおとなしいこと」

今度の里帰りは、あそびではない。節子の喘息をなおす大事業がかかっていた。

子ども三人は、冨浦のコトの実家に一部屋借りた。田舎の家は大きく、、おかみさん、つまりコトの母親はキビキビしていて、お子さんは大丈夫ですよ、この私がいつも見ておりますからと言ってくれた。天津からもってきた南京豆油と砂糖を小分けし、お土産にあげるとすごく喜んだ。

節子は、晴れた日に、東海道線の国府津で降り、バスで小八幡海岸にある関東断食寮に行った。

診察室のようなところで看護士の面談をうけた。

初心者の断食期間は二週間で、効果がよければ診断によってもう一週間延ばすこともある。ご熱心に修行されますれば、断食中の祈願は必ず神様は成就させてくださいます、ここにいる方々は、皆さん、助け合ってとても雰囲気がよく、修行を楽しくやっています、と言われた。

祈願とか修行とかいう言葉が入るのは、昔、荒行を取り入れた時代があったものですから今も使っておりますが、うちは完全な療養施設として認可を受けていますと説明された。

二週間断食すると、それまで体にたまっていた古い栄養分を全部消費してしまい、身体全体が新しい組織に作り替えを始め、精神までかわります。信仰があれば、さらに効果がでるのですよ、と、ここでも信仰という言葉を使った。

節子が帰ってきて、家族に聞いてきたことを話すと、皆、首をひねるような感じだった。

翌日、ひと騒動もちあがった。

なんと枝里子が自分も節子といっしょに行くと言い出してトランクに着替えを詰めだしたのである。

「娘ひとりそんなところにやらせたくありません。あたしも長年糖尿病で悩んできたのだから、ここに入ってなおします。ちょうどいい機会よ。二人で助け合ってやればいいじゃないの」と一歩もひかぬ態度だった。

正夫が、やめなよ、母さん、といっても聞かなかった。百合子も、妙な神がかったところにいくのは気がかりだったが、母親の権幕に逆らえなかった。それで入寮日に自分も付き添いでついていくことにした。

断食寮の受付で示されたきまりは初心者は二週間の断食。最初の二日間は朝夕、玄米の重湯を軽く一椀、その後七日目まで朝夕一椀から半椀のお粥、八日目からは少量の玄米ごはんを口に入れて咀嚼をくりかえし、口の中で粥にして十四日間続ける。

その後、経験ある人は二十日、三十日までの満願に挑める。ここに入る前から自宅で断食してきた人はその分を勘定に入れることができる。

寮は仕切りのふすまが取り外してあり、看護室から奥まで見通せるようになっている。十数人の人が畳に座ったり横になったりしていた。寝転んでいる人もおれば、将棋や碁をさしている人、トランプをやっている子ども、腕相撲をやっている人までいる。

枝里子と節子は八畳の部屋に長野から来た老齢の夫婦と相部屋になった。

まず驚いたのは全室に瀰漫している悪臭だった。悪臭は壁にも柱にもしみ込んでいて、いったい何の臭いかわからなかった。

「断食三日目くらいから吐く息が臭くなります。体の中にたまっていた老廃物が呼吸と共に排出されるからです。何十年もの間、大勢の方が入寮されてこられましたので、その匂いが建物中にしみこんでいるんです」と看護師が説明してくれた。

規則は、朝五時起床、夜九時消灯、決まった時間に食堂に集まって重湯やお粥をいただく。お茶は自由である。外出は禁止されたが、周辺の海岸や松林あたりまでの散策は許可された。

枝里子も節子も感心したのは、入寮している人たちは皆とても感じのよい人たちで、気持ちよく話ができ、親切にしてくれたことだ。二人は来てよかったと思い、百合子は安心して帰った。

何も食べないでいると四日目くらいまでが猛烈につらいですが、それをすぎると、すこし楽になりますといろんな人が言った。

枝里子と節子は空腹を紛らわすために裏手の海岸に行った。

海はおどろくほど近く迫っており、何の変哲もない海が一望千里に広がっていた。海岸には人っ子ひとり歩いていなかった。

「あれも食べたい、これも食べたいって夢にまでみるわ。何をみても食べ物に見えてね」と枝里子が言った。

「あたしを見てうまそうな雌豚なんておもわないでね」

「それはおとぎ話じゃないか」

「あたしたちをこれまで食べさせてくれたのは自然よ。まずは自然にお礼をのべましょう」と枝里子はいきなり姿勢を正して海に向っておじぎをしたかと思うと、両手をメガホンにして大声をあげた。

「海サーン。おいしいお魚をいっぱいありがとう。マグロをありがとう。かつおをありがとう。鯖をありがとう。いわしをありがとう、ひらめをありがとう……ちょっとでなくなったな。節子、あんたもいいなさい」

「イカをありがとう。タコをありがとう。サンマ、海老、カニ……をありがとう」

と節子もさけんだ。近くに人がいなかったから恥ずかしくなかった。

枝里子が後を続けようと思ったが魚の名前がもうでなくなった。

「みーんなまとめてお寿司をありがとう」

「いきなりお寿司になっちゃって……」

二人は腹を抱えて笑った。

「更科のおそばありがとう、宮川のうなぎありがとう。天國のてんぷらありがとう、スエヒロのビフテキありがとう、オリンピックのライスカレーありがとう、維新號の中華料理ありがとう……」と二人は銀座、日本橋のありったけのうまいものやの名物料理をあげたあと、これもつづかなくなって最後にいつもいく下北沢のトンカツになったのでまた笑いこけた。

日曜日、浜辺で祈願成就会というのが行なわれた。海岸の砂の上にいろいろな仕掛けがつくられていた。

一番初歩的なのものがガラスの破片を敷いた三メートルほどの道を渡る荒行である。三日以上断食修行した人なら誰でも裸足で歩いても傷つかないという。その次は火の荒行。真っ赤になった炭火の上を裸足で踏んで歩く道で、修行した人なら熱さを感じないという。

次の荒行は刃を上にした刀を二本渡した上に掛け声とともにエイッと乗っかる荒行で、刀の刃で精神を集中して足裏がすれないようにすれば切れることはないという。

最後の荒行は、畳針を腕に、背中から胸まで、あるいは口の奥から首の後ろに針を通す荒行で、いずれも神経も血管も通さず筋肉だけを通すのだから痛くない。血も出ないという荒行である。

節子はガラス片は大丈夫ですよといわれてやってみようかと思ったが、枝里子がやめさせた。炭火の道は枝里子も節子もいきよいよくわたったので、脚は熱くなかった。係りの若者がおふたりご成願と声をあげた。

これらの所為は、ほんとうは大丈夫なのに怖がってやらないだけで、精神が決まっておれば、何事も怖がらないでやれる修行なのだという。節子はなるほどその理屈がわかる気がした。

だが、枝里子は口から畳針を通す荒行をみて胸がわるくなった。

八日目になって節子は寝床から起き上がれない枝里子をみて驚いた。受付の人が飛んできて、熱を測ったところ、八度以上もあった。

枝里子はぐったりとして口も利かないでいる。

節子は慌てて世田谷の家に電話した。正一がでて、すぐ百合子と正夫をそちらにやらせる、そちらに信頼できる医者がいたらすぐ見てもらえと指示した。

百合子と正夫が長距離タクシーを飛ばして二時間ほどでやってきた。

近くの医院にいれて栄養分を補給したところ、枝里子の容態は三日で回復した。節子も百合子も胸をなでおろした。

この騒ぎで、節子も断食を中止し、母親と一緒に世田谷に帰ることにした。

「節子、せっかくあなたが決心して断食をしにきたのに、あたしがぶち壊してしまってわるかったね」と枝里子は謝ったが、節子は「とんでもない、お母さん、無事でよかった。それが何よりよ」と返した。

夏がおわったので、節子は子ども二人をつれて天津にもどった。

北戴河の子ども会

昭和十七年、太平洋戦争は初戦で日本の勝利がつづき、日本はアジア諸国の尊敬を得た。

これまで中国大陸に攻め入って、永遠の東洋平和のためとかなんとか目的が定かでない戦争目的に内心疑惑的であった人たちも、いままでの欧米崇拝の気風を捨て、皇尊の国の権威発揚に傾いた。

しかし、ミッドウエー沖の海戦で空母が四隻やられたとき、また空気が変ってきた。ガダルカナルでは熾烈な基地争奪戦が始まっていた。

しかし、日本が敗勢という報道はなされなかったから、誰も祖国が敗勢に向かうなどとは考えもしなかった。

節子が四人目を産みたいと言ったとき、時造は戦争だというのに、育てられるかと疑い、もし四人目も男だったらどうすると言った。

「そんなこと知らないわよ。神様のなさることだから、あたしは女の子を授かりたくて断食までしたのよ」

「なんだ、病気をなおすためではなかったのか」

「その両方よ」

女の子を生むと信じて以来、節子はかわいい幼女を連れた夫婦にあうと、すぐ幼女に眼がいき、可愛いお嬢さんですねと声をかけた。大丸に行っても、松坂屋に行っても店中をちょこちょこ走り回る女の子に目が行き、まあ、可愛い、を連発した。

春になって節子は懐妊した。節子は自分のお腹をなでさすって、お腹の中の赤ちゃん、きっと女に生まれてきてね、あたしは断食までして祈願したんだから。神様はきっとお願いを成就してくださるわ、と祈り続けた。

今年の夏休みはどうしようかと考えていたとき、会社関係の知り合いの人から、北戴河はこれまでずっと英米人の避暑地だったけど、戦争で彼らが皆いなくなったのよ。だから貴族のマンションみたいな家ががらがらなの。広すぎるから、三軒で共同して借りない、という話が来たので、節子も喜んでのることにした。そしてその時、東京から聡をよんでやろうと決めた。

たまたま東京から平壌に行く人があったので、その人に平壌まで聡を連れて行ってもらい、平壌から山海関までいく列車に聡をのせてもらうよう頼んだ。

山海関から北戴河までは二駅か三駅だから、節子は駅までボーイを迎えにやらせた。

節子は、まるで恋人にでも会うように、そわそわしながら髪形をととのえて待った。

現われた聡はまた背が伸びていた。すこし猫背でしかも眼鏡をかけていた。去年あっていたのに、ひと夏で急に大人っぽくなっていた。

聡は肩にかけていた学校の古ぼけたかばんから勉強具や本などを取り出して部屋の本棚に並べた。

見るとトルストイの『アンナ・カレーニナ』、ツルゲーネフの『猟人日記』、阿部次郎の『三太郎の日記』などで、ずいぶん難しい本を読んでいるのに節子はびっくりした。

「よくこんな難しい本を読むようになって――」

節子は昭和十三年の夏、聡と別れる時、聡が天津の日光堂に行って冒険小説や探偵小説、低級なまげもの本まで小脇にかかえるほど買ってきたのを見とがめて叱ったことを思い出した。

その子がいま、こんな本を読むようになるとは。

おじいちゃんの教育のたまものなのだろうか。

聡は旧制高校のナンバースクールは難関だからはいりやすい信州の松本高校を狙うと言っていたが、言うこともませていた。

「この本、別に難しくはないよ。人物描写なんかが面白くて――」

「人物描写……。あとでママにも勉強させて。あなたのよんでいる物をよんでみたい」

「OKだよ。僕はロシア文学にはくわしいんだ」

「おなかがすいてるでしょ。早昼を用意するわ」

節子はコックにビーフ入りのカレーライスとスープをつくってもらった。

聡はうまそうに食べた。そして箸の先で牛肉をつまみあげていった。

「このカレー、牛肉が入っている」

「ビーフカレーだから、牛肉が入っているのはあたりまえよ」節子は驚いて言った。

「だけど、肉なんて最近たべたことがないよ」

「食べたことないって……」節子がまた驚いた。

いったい、内地ではどんなものを食べているのだろうと、節子は気になって聞き出した。

「ご飯は玄米毎回一膳半とおさつかじゃがいも。タマゴは十日に一個くらいかな。あとは大根とか野菜だよ」

節子は聡がひょろ高いノッポになっている理由がわかった。

食べ盛りなのにかわいそうな子。節子はなみだを流して、この子がここにいるかぎりありったけおいしい料理をたべさせてやろうと思った。

「夕方、三世帯であんたの歓迎パーティをしてくださるんだって。それまでにバスに浸かってらっしゃい」

「こんなに環境のいいところでボーッとなんかしていられないよ。僕ちょっと周りをマラソンしてくる」

「道がわからなくなると困るからボーイと一緒に行って」

その日の夕方、大人四人、子ども九人がにぎやかにテーブルを囲んだ。舌平目のソティーにピーマンにひき肉をつめた揚物、タマゴをたっぷり使ったオムレツ。子どもたちのすきな小餅《しゃおぴん》やイーストマントウ。デザートはスイカ。

聡は、子どもの中でとびぬけて大人びていた。

天津で薬店を経営して儲かっているT家の夫人は遊びやにぎやかなことが大好きな人で、子どもがこんなに集まったことに有頂天になっていた。

「夏休みが終わるまでに学芸会をやりましょうよ、それぞれの家庭が何か芸を披露するの。優等賞はたっぷりお土産をつけるわよ」

「わー、楽しい」と皆が手を叩いて賛成した。

「うちでは何やるの」と節子は部屋にもどってから気になった。

「裕と猛はぼんくらだからアイデアが思いつかない。僕が面白いことをやってあげる」と聡は自信あり気に言った。

学芸会をやる前に、T社長と時造がやってきたので、周辺の野山をロバで遠出する遊びを実行した。

馬子がたくさん集まってきて、それぞれ料金を交渉した。欧米人がいなくなったので、彼らは客の確保に必死だった。

T社長がラバを選んだ。ラバはウマとロバのあいの子で体が大きく乱暴だった。ヒヒーンと前足を高くあげてT社長をふりおとそうとしたがT社長は慣れたものでさっと飛び乗った。

「さあ、僕が先頭になっていくよ。下村さんは後尾をたのむよ」

大人六人と子ども七人のロバ隊が一列に並ぶと壮観だった。林を抜けて岬の灯台をめざした。常歩からキャンターの時は、鞍がお尻にコツンコツンと当たったが、草原に出てギャロップで飛ばすときは快適そのものだった。馬子たちはふうふう言いながら追いかけてきた。

岬の灯台まで行ったが何の変哲もないところだった。

岩場で釣りをしている日本人に聞いてみた。

「入れ食いですよ。たいていカニです。ひきあげるまでにポトンと海におちてしまうから始末が悪い」

みると籠の中にすずきが一尾に、数匹のカニが入っていた。

皆で、草原の上でお弁当をひろげてたべたあと、帰路についた。

白亜のスペイン風コロニアルの別荘での毎日は、これまで味わえなかった最高の贅沢な気分を味合わせてくれた。

アンニュイな午後、白い壁を陽光が突き刺し、ゆらゆらとかげろうが立ち上っていた。辺りに誰もいない静寂が時間を止めていた。宝石のような退屈で贅沢な時間の消費。

朝、庭の木のてっぺんで名前もしらない派手な羽色をした大きな鳥がおどろくほど大きな声で鳴くので目が覚める。

庭には色とりどりのナデシコ、オシロイバナ、芙蓉、松葉ボタン、三色スミレ、ヒマワリなどの夏の花が競いあうかのように咲き誇っている。紋黄蝶と紋白蝶が何十匹も円柱をつくって舞っている。野ウサギがきている。

軽い朝食を済ませた後、聡は机に向って勉強し、その後、トルストイの『アンナ・カレーニナ』を一時間ほど読んだ。そのあと海岸で水泳。海は油絵のように紺碧だった。きれいな貝を拾ったり、打ち上げられたテングサなどを拾い集め、カニの穴をほじったりした。あるいは草の上ではフンコロガシが丸い糞ダンゴを運んでいるのをしゃがんで厭かずに眺めた。

周囲の樹木ではセミがスクールスクールと降るように鳴いていた。

昼食の後、ダーツを楽しんでから三十分の午睡。さしかけてくる枝がやわらかな影をつくるベッドの上でまどろんだ。

「ママ、こんなに美しい環境に連れてきてもらってありがとう」

聡にとってここはトルストイの小説でよんだヤスアナ・ポリアナの広大な邸にいるかのよう

だった。

「ヤスアナ・ポリアナって」

「トルストイの別荘だよ。そこに徳富蘆花が訪ねて来るんだ」

学芸会の日がやってきた。

中くらいのホールにはオルガンもあり、招かれた日本人の客たちが椅子に座って待っていた。

最初に登場したのは、K家の小学校五年の男の子と三年生の女の子のきょうだいで、おおきな紙を継ぎ合わせてクレパスで描いた背景は山奥のおんぼろの藁ぶきの一軒家である。

男の子は一茶に扮し、女の子は頭に雀のお面をかぶっていた。

〽一茶のおじさん、一茶のおじさん、あなたのお国はどこですの〜
〽はいはい　私の生まれはのう、信州信濃のやーまおくの、そのまた奥の一軒家ぁ、
すずめとおはなししてたのじゃ〜

五歳の妹はかわいらしい声で歌い、兄の扮した一茶のおじさんは、それらしく歌った。

——我と来て遊べや　親のない雀、我と来て遊べや　親のない雀——

レコードの音曲にあわせて、二人の姉妹がかわいらしく踊った。

次は下村家の番で寸劇は聡が発案し、裕と猛が出演した。猛は「ミーンミーン」と大声でセミの鳴き声をした。裕は「スクール、スクール」と種類の違うセミの鳴き声をした。

「お前うるさい。あっちの木にいって鳴け」

「お前こそうるさい、あっちの木にいって鳴け」

「ミーン、ミーン」

「スクール、スクール」

「セミはミーン、ミーンと鳴くのが正しいんだ」

「ちがう、スクール、スクールと鳴くのをスクールでならった」（笑い）

と二人はますます大きな声を出して鳴き合戦をした。

猛は怒って「お前にとまって鳴いてやる」と裕に抱き着き、とっくみ合いになりひとしきり鳴きつづけておしまい。大笑いで終わった。

聡が東海道汽車の旅の歌をうたいながら、裕と猛を従え、両手をピストンのようにせわしなく動かしてくるくる会場をまわった。みながシュッシュッポッポ、シュッポッポと声を合わせた。駅に着くたびに聡は駅名を駅員がやるように土地のなまりをいれてやったので皆手を叩いて笑った。節子は聡がどこでおぼえたのかこんなに才能があるとは知らなかった。

最後にT家の小学生三人姉妹がそろいのセーラー服にかもめのお面をかぶって背の高い順にな

らんだ。夫人がオルガンを弾いて子どもたちが見事なステップをふんだ。

〽かもめの水兵さん、ならんだ水兵さん、白い帽子、白いシャツ、白い服
　波にチャップチャップ　うかんでる〜

三人の姉妹は縦にならんで行進したり、横に並んでパーフォーマンスしたり、タップを踊ったり、とても可愛く、皆うっとりして見つづけた。

最後に大人も子どももそろって皆で童謡を歌った。一人が歌いだすと、皆が唱和した。最後は全員が「月の砂漠」を合唱しておひらきになった。

夏休みが終わると、聡は久しぶりに天津に来て小学校時代の級友たちと再会を楽しみ、一人で内地に帰った。

大旱魃

節子たちが北戴河の別荘でたのしく学芸会をやっている同じ頃、河南省は大旱魃に陥っていた。

八十年以上前の一八七七年に山東、山西省で二年から三年つづいた大旱魃で六百万人以上が餓死した事実があったが、これに匹敵する大災害が抗日戦争中の一九四二年～四三年にかけて、河南省を中心に発生した。水害、旱魃、蝗災、風災、雹災などが加わり、その上に激戦区の被害が加わった。

被災者は三千万人、餓死者は三百万～五百万人、流浪者三百万人、臨死状態の者が一千万人に達した。

しかし、抗日戦中だったこともあって、この重大な事実は国民政府によって報道が抑制され、在留日本人にも国際的にもほとんど知られなかった。しかし、解放日報、新華日報、大公報、前鋒報、申報、河南民国日報などの現地中小紙はじめ、アメリカのタイム誌も現地取材して報道した。

前鋒報の記者李蕤が洛陽駅で取材報道した記事はなまなましかった。

「――災害発生後、大量の被災者は外郷をもとめて逃れようとし、フライパンの上の蟻のように隴海線の洛陽駅に集まってきた。汽車だけが生きのびる希望だった。のりきれなかった人たちは発車のベルが鳴るや否や、ホームに殺到して汽車の屋根にのぼり、おびただしい荷物とともにそこにへばりついた」

「――被災者の数は次から次にふえ、洛陽の大道も路地も防空壕もどこもかしこも人がいっぱいで、家の門でもあけているとずかずかと被災者が入ってきて食物を探そうとする。被災者たちの持ち金も底をつくと、駅周辺で人市が開かれ、真っ先に買われるのは若い娘である。被災者は家を逃げ出したら最後一家は離散し、家庭は崩壊することを知らされるのである――」

人々は、大旱魃が始まっても何か月もすれば雨が降ると信じて、食を縮め、三食を二食にし、さらに一食に減らした。しかし雨はいっこうに降らず、やがて食うものがなくなった。

李蕤は、人々が食べていた奇妙な物をあげている。麻の実のパンや綿の実のパンは大宗だが、ハマビシの種を錬ってつくったパンなどである。どんなものでも値段がつけられて売られていた。最後に行きつくのは、死んだ肉親や子供の肉を食うという地獄絵だった。

被災区の住民は衣服を売り、家具を売り、家を売り、土地を売り、妻子を売り、悪徳の商人はただのような値段でそれを買い受けて儲けた。

政府も救済に乗り出し、粥場をたくさんつくったり、食糧の放出を行なったり、救済資金を配ったりしたが、あまりにも少量なので焼け石に水だった。

河南省は綿も小麦も豊富にとれ、物産の豊富なところだったが、これ以来、中国大陸では食糧の絶対量が不足し、物価がみるみる上がってきた。

人間は食うものにはどんなに高くなっても買おうとするから、天井知らずのインフレになった。

陳クンたちのなりゆき

再び八路軍の話に戻ると、昭和十五年から十七年に起こったことの順序をあげれば以下の通りである。

蒋介石の中央軍は日本軍に勝てないことを知って重慶にこもり、長江を隔てて日本軍と対峙する状態が固定した。それで華北は日本軍に対する八路軍のゲリラ戦の舞台になった。

八路軍は正面からでは日本軍に勝てないので、待ち伏せ戦、夜襲、鉄道、道路、通信などの破壊作戦を起こし、日本軍に損害を与えた。

華北派遣軍総司令官岡村寧次は大将に昇格すると、共産軍を徹底消滅する作戦を立てた。

昭和十六年一月、華中の共産軍である新四軍九千人が移動中、突然国民党軍八万人に包囲されてほとんどが戦死した事件が起こり、この結果、国共関係が緊迫した。

同年四月から六月にかけて日本軍は、山西省西南部の中条山系に盤踞している国民党中央直系軍三十万が香港方面に出てくることを防ぐために、この集団を消滅する作戦を行ない、多田駿司令官の下、総兵力十万に関東軍の飛行機部隊を加え、東西南北から包囲して攻撃を加え、約二十万人を殲滅、数万名を捕虜にする大戦果を挙げた。

日本軍の戦死者はわずか六三七人、朝日新聞は中原会戦の大勝利として大々的に報道した。

この会戦に共産軍が助けにこなかったので、国民党兵士の共産党に対する憎しみがつのった。岡村寧次は兵力不足をおぎなうため、中原会戦で俘虜にした三万五千の中から反共意識の強い部分を活用することを思いついた。

昭和十六年（一九四一年）八月下旬、陳クンのいる晋察冀《しんさつき》辺区の北岳分区が、五万の日偽軍に包囲された。包囲された人たちは実戦部隊以外に機関要員、抗日大学生、北岳区党学校の男女、老幼、民間人など四万人近く、時造が陳クンを訪ねた時、見た人たちである。

幸い、北岳区は山地だったので、包囲軍の弱い部分に戦闘を仕掛けて隙間をつくりだし、そこから突囲に成功した。

大群衆の突囲を掩護するにあたり、すばらしい戦士が生まれた。

掩護に当たった隊員五十名は口偽軍五百を相手に奮戦したが、戦死傷が増え、司令部は撤退を命じた。そこでかれらの撤退を援護する少数の決死隊を募った。

応募してきたのは六班班長の馬保玉、葛振林、宋学義、李老道、胡徳林の五名だった。

「君は同志たちと群衆がより遠くにいくまで援護をたのむ。かれらが突囲したら昼頃、君たちも撤退してくれ」

「司令員、ご安心ください。我々は必ず与えられた任務を完成します」

五名の兵は五百名余りの日本軍を相手に、山道に地雷を仕掛け、銃を撃ち尽くして敵を倒した。弾がなくなると石を投げて戦った。敵がついに頂上に上がってきたとき、隊長の馬保玉は最後の手榴弾で登ってきた敵を倒し、五名は俘虜になることを拒んで、牛の角のように突き出た岩の上に立ち、千尋の谷底に身を投げた。

このうち二人は途中で樹の枝に引っかかり、骨折したが、一命をとりとめた。生還した葛振林は、飛び降りた時の状況を次のように話した。

「馬保玉は私の肩に手をやり、こう言いました。『葛同志、我々は犠牲になるが、我々の価値は永遠に光栄となる。おれたちは何がどうあろうとも決して敵の俘虜にはならない』。そしてこういいました。『同志たち、おれについてこい』。馬保玉は大切にしていた銃を岩にぶつけて壊したあと、〝共産党万歳、中華民族独立万歳、親愛なる同志と人民たち、さようなら〟とさけんで崖から身を投げました」

日本軍はこの情景を見て、捧げ筒をして五人の八路軍兵士が皇軍の精神を体現したものとして最敬礼した。

このような純粋な愛国心に満ちた八路軍兵士は、いたるところで生まれ、日本の軍人の間で称賛の念がたかまった。日本人軍国少年の間でも八路軍は尊敬の的になった。すばらしいものの前に文句なく頭を垂れるのは普遍的な真理にたいする人間の尊重に基づく。

こうして北岳区の包囲は、逃げ遅れた二百名余の看護学校女子生徒を殺し、面積と人口を三分の二まで減少したが、陳クンたちは山区に突囲したので無事だった。

岡村寧次は、北岳区の失敗を取り戻すために、昭和十七年五月一日から二か月間にわたり、北京、天津、保定を結ぶ三角形の地域とその南方地域を占める冀中区を消滅させるため、三個師団と五個の混成旅団、偽軍五万、飛行機、タンク、砲兵、騎兵、自転車隊などを動員した。八路軍に付随する民兵、民衆も容赦せず殺害した。

この時の戦果は、日本報道部長談によれば、八路軍の累計遺棄死体二万四千、捕虜七千四百、兵器被服製造廠、食糧倉庫二六五施設を破壊し、鹵獲小銃一万六千という発表だった。

八路軍側の報告によれば、口偽側一万余人を斃したが、損害も相当大きく、敵の拠点は一六三五か所に増え、抗日根拠地は二六七〇箇所に細かく分割された。

群衆の死傷と強制収容所に送られた者は五万人にのぼり、村々は徹底的に破壊され、無人区になった。冀中軍区自体の面積は八・八%までへり、指導機関と主力部隊は他の地区に転移し、冀中に残ったのは二十四連隊のみになった。

つづいて冀魯辺区も包囲され、突囲したのは少数だった。

岡村寧次はこのようにして蔣介石がなしえなかった偉業に成功したので、蔣介石から称賛されて彼の特別顧問になった。

辺区は縦横に走る軍用道路で分断され、根拠地は蚕食され、檻に押し込められた猛獣のような状態になった。

大衆が判断を下す

ここまで追い詰められた八路軍の取った対抗手段は「敵後の敵後作戦」、「地下道作戦」、「両面政策」である。日本の読者には興味があるので紹介する。

「敵後の敵後作戦」とは、八路軍は陣地戦では日本軍に勝てないので、作戦は必ず最後尾などの弱い部分を頻繁に攻めて、小さな勝利を数多くあげてそれを積み重ねる作戦を「敵後抗戦」といった。今度は日本軍の後ろに偽軍がついたので、偽軍の最後尾を襲撃し、これを「敵後の敵後作戦」と言い、偽軍は取り崩された。

「地下道作戦」というのは、根拠地から根拠地、村から村に縦横に地下道をほり、出入り口は発見されないようにし、そこから夜間出撃して、敵を攻め、あるいは敵の包囲網外に逃れる坑道にした。華北の黄土は土砂を含まず、粘度が固くて崩れないという利点を活かした。

「両面政策」というのは、表面的に敵の組織にとりこまれて忠実な言動を行うが、することはまったく逆のことをする。〝白皮紅心〟表は白いが中味は赤い。そのうち、いったい誰が味方で誰が敵であるかわからなくなり行政組織は混乱状態になった。

一人でも余計殺す作戦。一人でも殺せばそれは暗殺でなく作戦としてカウントした。ひそかに敵の首長の家に忍び込んで朝方の機会をねらって刺殺してさっと姿を消す。偽軍の兵舎の修理に赴いた大工数人に扮して偽軍の首を落として逃げる。待ち伏せ、闇討ち、

あるいは日本軍の軍服を着て偽軍を騙し、百、二百人の殺戮を行なった。こうして偽軍、偽組織が恐怖心から崩れた。やがてそれを黙ってみていたインテリや大衆が動き出し、氷が融けるように情勢が変わってきた。

中国人のかなりの部分は理性的な判断を示した。

辺区の各地から共産党員、国民党員、無党派の愛国者、理性的な紳士、文化界の人たち、科学技術の専門家、少数民族代表、労働者、農民、婦女、青年団体、各種団体代表、部隊の代表など各種各様の人たちが、抗日民主政府をつくらねばならないと一致した。

日本が無条件降伏した時点で、囲い込まれていた拠点地区の人々の間でも反共に固執する人たちはもともとそれほど多くなく、やがていなくなった。

昭和二十年八月十五日、日本が無条件降伏すると、あらゆる作戦は停止し、華北の大部分に国民党はいなくなり、共産軍の辺区になった。

Ⅳ　昭和十八年以降のこと

節子、最後の里帰り

昭和十八年のできごとは、聡が旧制松本高校に合格し、松本に行って寮生活を始めたこと、裕が天津にできた日本中学校に入学したこと、二月、節子は旧フランス租界のカトリック教会付属病院で女児を出産したことなど三つのおめでたであった。女児は玉のように美しい子だった。梢と名づけた。

梢は元気な声を出してよく泣いた。

節子はようやく授かった女の子だったので、まるで少女が人形を肌身から離さないように抱き通し、あやし通しだった。梢が泣くと、おお、よしよしと理性を失った老女のように、涙を拭いてやり、頰ずりし、モミジのように可愛い手をしゃぶった。

たらいに生ぬるいお湯を入れ、コトと話しながら赤ん坊の身体を洗うときが一番楽しかった。

「赤ちゃんのにぎる力はウナギの頭をつぶすくらいつよいんだそうです」

「この子はお風呂が好き」と節子は目をほそめて、何度もぷりぷりした肉づきのいい肩にお湯をかけてやった。

裕は中学に通うのに、最初は自家用の人力車にのって学校の近くで下ろしてもらっていたが、上級生にみつけられたので嫌になり、歩いて通うと言い出したので時造は自転車を買いあたえた。ところが、半年もたたないうちに盗難にあってしまった。裕がついうっかりして小用をたすためにカギも掛けずに自転車を放置したすきにやられてしまった。父から叱られ、二台目を買ってくれとは言えなくなった。

節子は、最近、裕の様子がおかしいのに気づいていた。男の子をもつ主婦の間で、中学に入ると、同級生か上級生かしらないが、学校でワイ談を聞いてくる。だから、よっぽど夫婦の間でも口をつつしまないといけないわよ、と注意しあっていた。

裕がコトにむかってわいせつなことを言ったらしいから、節子は問題が起こったら困るからコトを次の里帰りのときに連れて帰ろうと思った。

戦局は昭和十九年一月、日本軍がガダルカナルを撤退、五月、アッツ島で日本軍が全滅した。日本中学の角川校長が、ソ連籍の生徒が知らせてくれたモスクワ放送によると、スターリングラードでソ連軍の勝利が決定的になったという話である。角川校長はヒトラーの降伏で戦争の山場はこれでもう終わりですねと時造と話した。

平衡倉庫天津支部の事業は行き詰まり、内部の不正な横流しがばれたために、群衆が怒って会社を襲い、小麦粉や雑穀の在庫や事務用品にいたるまでことごとく略奪した。

平衡倉庫は機能を停止し、昭和十八年度で廃絶することになった。

時造は解任になり、M物産にもどることになったが、もどる先は天津支店でなく北京支店だった。

時造はがっかりした。北京支店の仕事はまったくつまらない仕事だった。

北京支店が収買する食糧は在留邦人、鉄道、炭坑、製鉄、警察、などの重点部門および軍に対する配給分だけで、一般中国人とは関係がなくなり、そちらは中国側が雑穀をあてることになった。日本側は一般の食糧統制には一切責任を負わないことになった。

日本側が必要とする量の収買は県公署が合作社に行なわせ、収買成績があがらないときは、兵隊をつけた強制収用を行なった。実際は、物は大部分が都市に密搬入され、運び人はさまざまな商店、職業の者が馬車に隠して糧桟に運んでいた。

昭和十四年の水害は広い範囲にわたっていたので、地方では食糧がたりなくなり、木の葉や皮をたべるという飢餓状態がつづいていた。しかし、日本人たちはそんな報道は見たこともなかった。昭和十五年は豊作で一時持ちこたえたが、翌十六、十七年、華北で食糧の絶対量が不足する事態になった。

そしてみるみる物価が右肩上がりに上がってきた。

食糧が手に入らなくなるかもしれないという、人間にとって最大の不条理と恐怖で物資が屯積され出すと、物価がみるみる上がりだし、天文学的な数字になった。華北は治安が悪化し、無政府状態に陥った。

昭和十八年十一月、高遠正一元裁判官は心筋梗塞で死亡し、節子の里帰りは両親に新孫を見せるためでなく、父親の四十九日の法事に参列する目的に変わった。

節子は梢を胸の前にしっかりしばりつけて旅立った。コトが荷物を持った。

朝鮮半島経由で関釜連絡船で内地に渡った。以前よく乗った大阪商船や日本郵船の船は徴用されて就航していなかった。というよりアメリカの潜水艦によって撃沈されてしまったという噂があった。

正一の法事は親しかった法曹関係者や大学の教授、その他の知人たちがおおぜい来て、盛大なものだった。追悼文が全国から多数寄せられた。中には出所不明で直接郵便箱に入れられたものもあった。正一によって冤罪にならずにすんだ者や罪刑が減じられた者が感謝した行為だった。

法事が終わって客が去ったあと、家族と親戚の者が節子を囲んで歓迎してくれた。ビールと酒だけはあるので、ありあわせの肴で、枝里子の孫の誕生を祝ってくれた。

梢と名付けたのは北戴河で草の上に寝転んで高い木の梢を眺めていたとき、高い梢っていいなと思ってつけたのよ、と節子が言うと、百合子は一字でいい名前だと褒めた。

誠二、正夫、樽本以外に、朝霞の兄弟の兄の茂男がせっせと高遠家にさつまいもを供給してくれていたので家族同様の待遇になり、聡も大人の仲間に入れてもらった。

「節ちゃん、知ってるかい。酒やビールは贅沢品だから、原料の割当は二割減らされた。ビールビンも同様で製造禁止だ。ところが空きビンが異常に高いので屑屋がもうかっている。なぜか。何十万ダースという量が海外の軍にどっと行くと、空きビンは戦場で捨てられてもどってこないから、それで空き瓶がますます不足する――」と誠二が言った。

「あ、わかった。天津でも瓶買いが高く買っていくわ。それが内地にもどっていくのね。ところで内地はどうしてそんなに食べるものがなくなったの」と節子は聞いた。

統制の面にくわしい樽本がいった。

「政府は、去年はいよいよ食糧籠城で、内地、朝鮮、台湾の米と満洲の雑穀があれば、なんとかどたんばはもちこたえると言っていましたが、今は米が足りないという認識です。配給はひとり二合二勺が二合になりました。一部地域でいもち病による減産がありましたが、それより構造的な減産が深刻です」

「なんで急にそうなった……」と枝里子が聞いた。

「大きな理由は硫安です。いままでの米の出来高は硫安をたっぷりやっていたときの石高ですが、それが入らないとなるとたんに二割から三割減ってしまう。硫安の闇値がべらぼうに高くて、農家は買うのに採算が合いません。だから農業なんかやっていられなくて軍需工場に行って働く。米は自分とこが食べる分と闇に売る分しか作りません」

「それで出回りがすくなくなった」

「硫安がないのは、重工業建設優先だからですか」と聡が聞いた。

「米以外にも綿製品はもちろん、砂糖もタマゴもバターもチーズもなくなったのは、外貨を稼ぐために飢餓輸出するからです。タイやインドなどの友好国から軍需物資を輸入するためには、彼らに綿製品などを売らねばなりませんが、買ってもらうためのサービス品をつけねばなりません。国際価格を下回って売るために、労働者の賃金は引き下げ、資本家の利益も犠牲にしています」

と樽本が云った。

朝鮮海峡にもアメリカの潜水艦が出没し、枝里子は節子は無事に帰れるだろうか心配になった。この際、天津にかえるのはやめて様子をみ、子ども二人は別の算段を講じたらどうかしらと提案したが、節子は時造が心配で愛情のとりこになっていた。

昭和十九年あたりになると、北京のM物産支店では敗戦論があたりまえになっていた。気の早い人は会社を辞めて内地に帰ったが、今帰ったら逆に空襲で危ないのじゃないかという人のほうが多かった。いまのうちに会社財産を処分して社員に配ったらどうだという意見まで出た。

ある日、様にならない将校服を着て軍刀を腰にまとわりつけた中年のおじさんが下村家を訪れた。裕はおじさんを見て「アッ、この人、南開大学爆撃のとき天津の家に泊まった中島さんだ」とすぐわかった。

「海上輸送がだめになったので、大陸打通作戦というので南支にあるアメリカ軍の飛行基地をつぶすのと仏印から陸路の輸送道路を通すのが目的です。しかし兵力がもうないから私みたいな老人まで駆り出したのです。下村さん、私は何歳だと思いますか。四十六才ですよ」

時造は東亜同文書院の後輩の中島を泊めてやり、すきやきをご馳走した。「死んだらつまらない。とにかく生きのびて内地に帰ることしか考えないほうがいい」と諭して送り出した。


昭和十九年十一月から日本内地に対する猛爆撃がはじまり、二十年三月十日が最もひどく、東京都内の深川区、本所区、浅草区、日本橋区、芝区を始め、あらゆる地域に広がり、死者十万、負傷者五万、焼失家屋二十七万戸に達し、東京の下町の密集地はほぼ全滅した。

高遠家には焼夷弾が落とされたが、幸い不発弾で被害はなかった。

二十年八月十五日、日本は無条件降伏し、華北駐留軍は武装解除させられた。兵士たちは三年兵、四年兵になり、いつ生きて祖国に帰れるかわからなかったので終戦を喜んだ。

北京では在留邦人社会は崩壊し、日本法人の財産は中国政府により賠償金として没収、個人の預金も少額をのぞいてすべて横浜正金銀行に預けることを命令されて事実上没収された。日本人たちは着の身着のままになった。

こうなると各人はエゴイズムの塊に変化し、他人を押しのけてでも一刻も早く内地に帰ろうとする。

十一月、節子の喘息がこうじ、立っていられないほど胸が苦しくなった。協和病院で肺結核二期であるから、すぐ入院しなければいけないと診断された。節子は「死刑の宣告をうけたの」と嘆いて、城内の北寄りの地域にある博愛病院に入院することになった。

入院の日は時造と裕が同行し、社宅の門口まで社宅の人たちがおおぜい見送ってくれた。病院では日本人医師が丁寧に対応してくれた。しかし、薬品が入らないので十分な治療はできないと言われた。

M物産の社宅には十所帯ほどの家族と数人の独身者がすんでいたが、どんどん引き揚げていき、いつの間にか空き室が多くなった。

腹をすかせた飼犬だけが下村家に押し寄せてきて餌をねだった。

年が明けて一月、時造の肺ガンが進み、突然倒れ込んで起き上がれなくなった。

時造のヘビースモーカーぶりは以前からすさまじく、毎日五十本はかかさず、ストレスがたまるとたてつづけに喫み、一日百本という日もあった。十年前一度気管支炎で入院し、肺ガンらしい兆候が現われていたが、節子から再三言われたにもかかわらず、時造は医者に診てもらうことを嫌がった。

連日、厳しい中国当局と会社の財産処分についての交渉でストレスがたまり、とうとう、もう立っていられないと布団に倒れ込んでしまった。

日本人の開業医はいなくなっていたので、裕は新聞広告に出ていた朝鮮人の医者に来てもらった。朝鮮人の医者は、左胸が相当やられていますね、すぐ入院しなければいけませんといい、協和病院に入院を交渉してくれた。当時、肺ガンという病名はなく、肺結核二期と診断された。

M物産の社宅の入居者はとうとう最後の独身者が引き揚げていなくなり、残ったのは下村家の子ども三人だけになった。十五歳の裕は毎日のように節子の病院と時造の病院にかよった。猛は家で梢を守っていた。

裕は病院に行くのに東単を通った。ここは北京一の繁華な盛り場で、以前見たことがないほどおおぜいの人で溢れていた。若者が胸を張って歩いていた。街全体がものすごく活性化していた。日本人はほとんど歩いていなかった。

「東北を解放せよ」「東北は我らのものだ」という短冊形のビラがいたるところに貼ってあった。

東北とは満洲をさしているらしかった。裕はどうしてこんなに街の状態が変わったのかわからなかった。

だが、中国人がこんな元気なのは、以前からの住民が変わったのではなく、いままで北京を離れて留守にしていた若者たちが戻ってきたからではないかと思った。

疲れて病院に行けなかった日は、必ず節子から何かあったのと心配して電話がかかってきた。裕はそれが辛かった。裕は時造が入院したことを節子に内緒にしていた。節子があまりにも長く時造がこなくなったのを不審に思い、病気ではないの、と裕に問いただした。裕はとうとう事態をかくしきれなくなった。

高い料金の病院に二人も入っていたら病院代が払えなくなるわ。お金は家にいくらあるの。ママのダイヤも指輪も売ってしまいなさい、と節子は際限ない心配で、一時快方に向かっていた病気がいっぺんにぶり返した。絶望に陥り、谷口雅治の『成長の家』のページがすりきれるほど読んで神に祈り、仏に念じ続けた。

節子は、裕にパパにこれを渡してと何度もメモを書いた。

「どうかご一緒にベッドを並べて入院させてくださいませ。はげましあえば生きのびていけます」

と懇願したが、時造は返事を書かなかった。裕にここにきたら二度とママのことは言うなと叱った。

節子は、北京の大きな料亭が施療病院になって貧困の邦人を収容している記事をよんで、自分もそこに移ると言い出した。裕が、お金は、パパのゴルフカップを溶かして売ったから、何とかなるよ、といっても節子は聞かなかった。

裕が節子を人力車にのせてそこに連れて行くと、大部屋に病人がたくさん布団を並べて寝ていた。数人が「看護婦さん、おねがいします。助けてください」と泣きさけんでいた。看護婦は「待っていなさい」と邪険に怒鳴りつけた。節子はその状況をみて、「ここはいや、また元の病院に返して、お願い」と言い出したので、裕は早速元の病院に再入院を頼みに行った。医者は病人をあちこち動かすとまずいなと言いながらも許してくれた。

裕が施療病院にもどって、ママ、うまくいったよ、再入院はOKだよ、というと、節子は隣の若い患者と親しく話していて、「この方は東京の中野の人なの。ママはここでこの方と話しているほうが楽しいの。もうここでいいの」と、またわがままをいった。節子にとって話し相手がいることが救いの神なのだった。

社宅の社員がいなくなったので、孟公府の社宅を閉じねばならなくなり、残った三人の子どもをどうするかについて支店長は時造の部下の若い社員に解決策を指示した。若い社員は奔走して、子どもたちを引き揚げ団体に登録させ、子ども三人の世話役を東京に帰る若い社員夫妻に依頼した。三日後、子どもたちは北京郊外の集結地に行くために、病院を訪れて両親に別れを告げた。

この時、裕たちがみた父親のすがたは肺ガンの進行が進み、わずか一年で幽鬼を思わせるほどにやせ衰えていた。富士額で豊富な髪をきちんと七三に撫でつけていた頭は、坊主刈りにされ、ひげがぼさぼさに伸びていた。全身は骸骨が薄皮をかぶったようだった。

時造は、「パパは病気を治して後から内地に行くからな。それまでは会社の人が君たちを東京に連れて行ってくれる。会社の人の言うことをよく聞くように」と言った。

裕が暗くなったので、電燈を消して帰ろうとすると、時造が「消したらいかん、電気は一晩中つけて置く」と言った。

子どもたちが節子の病院にいくと、節子は看護婦二人に支えられてふとんから廊下に出てきた。おしゃべりだった節子は言葉を発せず、半分痴呆状態に陥っていた。梢をまるで小さい女の子がお人形をはなさないようにしっかと抱いていた。もう、行くよ、と裕にいわれても梢を離そうとしなかったので、看護婦が引き離して、節子を寝床に連れ戻した。

初夏の縁先で

昭和二十一年、世田谷の家の桜が葉桜に変わったころ、座敷の縁側の前に裕、猛、梢の三人の子どもと二人の大人が立っていた。正午の太陽の光線が真上から落ちて、影が足許にとどまっていた。

がっしりと胸幅が広くなった十五歳の裕は胸に遺骨の入った更紗の袋をつるしていた。十一歳の腕白だった猛はすっかり緊張した態度でつっ立っていた。二人の若い夫婦らしい人が梢の後ろにいた。

枝里子と百合子が彼らに向かい合った。

「実は、」と若い男性は、「自分はM物産北京支店の下村支店長代理の直属の部下で……」と自己紹介し、北京で下村夫妻がほとんど同時に亡くなった一部始終を説明した。そして、「自分は東京の高円寺が実家なので、ご遺族のご帰国を手伝わせていただきました」と説明した。

枝里子はくらくらとなり、その場に立っていられないほどの衝撃を受けた。

なんてあなたたちは分が悪かったんだろう。ちょうど時造が定年で退職できる年になり、東京に夫婦で帰ってこられるというのに、まさか死んで帰ってくるとは。

百合子がこんなところでは、と客たちを客間にあげようとしたが、若い社員はまだ実家に帰っておりませんので、ここで失礼しますと言って上がらなかった。

三歳の梢は何もわからず、何かをしゃべくりながらあたりをよちよち歩いていた。

若い社員は、時造が死んだ一日後に節子が死んだこと。二人の葬儀は支店の全社員が参列して盛大に行なわれたこと、本願寺のお坊さんが、ご夫妻が同時に亡くなられたことは幸せで、聖徳太子とおなじです。お二人は連枝の枝、比翼の鳥になられたと話したこと、裕さんは大人も顔負けするほどしっかりしていたことなどを述べて辞去した。

数日後、M物産から課長クラスの人が訪れてきて、下村様ご夫妻のご冥福を心からお祈りいたしますといって、若干の退職金を差し上げることにきまったこと、会社に殉職した社員の子女に対する奨学金制度などを説明して帰っていった。

裕が胸に下げていた遺灰を枝里子が仔細にひろげてみて、これはおおぜいの遺体を一緒に焼いたものの一部だと見抜いた。

北京や北京周辺で入院していた患者は千人以上いたと推定されるが、帰国できないと分かった病人たちは絶望して息を止めるしかなかった。

枝里子は燃えさかる材木の中で美しい娘の横顔が炎の中にまきこまれてゆく様を想像し、一緒に国府津の断食寮に行ったときのことを思い出して胸が詰まった。

その夜、枝里子は幼い梢に添い寝したが、梢は時々ワッと泣き出していつまでもそれが止まなかった。時造と節子が共同の翼をもった比翼の鳥になってやってきた夢を見て、おびやかされたのだろうか。

枝里子は三人の娘を産んだが、三人とも幸せとは言えなかった。

長女の百合子は三十七歳で未亡人になった。軍人恩給も出なくなり、自宅の一間を貸していた若い男と不倫関係に陥り、その男に騙されて家を売らねばならなくなった。

次女の節子は幸福な結婚をつかんだが、慣れない土地で病魔に侵され、三十九歳で死んだ。

三女の由紀子は十四歳で赤痢で早逝した。

大正の半ば、正一が広島の家庭裁判所にいた頃、枝里子は一家で潮干狩りに行ったことをふと思い出した。

百合子は女学校に上がったばかりで、節子は小学四年生、由紀子は小学校にあがったばかりだった。三人の娘は赤い熊手と網を持ち、キャッキャッとさわぎながら貝を掘った。お姉ちゃんの貝よりあたしの方が大きいよとくらべっこしたり、飛び跳ねたり、後ろから抱き着いたり、追いかけたり、子どもという者はどうしてあんなに瞬時もじっとしていないのだろうかと思いながら、枝里子は三歳の正夫を負ぶって眺めていた。

利発で何事も積極的な百合子、お転婆で騒々しい由紀子、その中で次女の節子は動きが鈍く、かわいそうなくらい気が優しかった。そのことを自分でも知っていたのか、中国に行ってからすこし気丈になった。

「お母さま。あちらの女は日本の女よりずっと強いわよ。男尊女卑っていうのはうそ。口げんかになると女のほうが断然強い。宋美齢は何万人という聴衆にむかって流ちょうな英語で演説し、政治を変えるくらいの力があるでしょ。あたしもあれを見習いたいと思っているの」などと言うようになった。

数日後に親族会議をひらいて、遺児たちの養育のことを話し合った。

枝里子は、四人の子どもは高遠家で立派に育てると宣言し、梢を里子にしたいという人が現われたが、鄭重に断った。時造の兄、繁蔵は多大の援助をしてくれた。

誠二は、時造夫妻が残した地所を売れば、聡の学費は十分賄えると言った。

正夫は、俺が責任をもって後の三人を育てると言い、百合子も自分も働くと言った。

枝里子は離れを貸間にだすことを考えた。

陳クンとの再会

それから三十年ほど経った。高遠家では枝里子も誠二も故人になった。

正夫の出版社は中堅どころの左翼系の出版社として知られるようになった。朝霞の兄弟の兄の茂男をやとった。弟の武男は優秀で、正一が紹介した法律事務所の走り使いをしながら独学で法律を勉強して弁護士になった。

四人の遺児は、聡は某省部長になり、裕は家電会社のエンジニア、猛は自営業で成功した。世田谷の家に住んでいるのは七十歳を超えた百合子と娘の恵、還暦をすぎた正夫ら家族四人に梢夫妻、キクと間借り人の女子大生だった。

キクの夫の民雄は輸送船員になって南方に行ったきり帰ってこなかった。キクの二人の子どもの兄のほうは富山の網元をつぎ、弟のほうは明大前の寿司屋をついだ。一時、富山に帰っていたキクは、やはり高遠家で月二回のお暇を頂いて浅草で日劇のダンスと映画を見たいといって高遠家のばあやになった。

田中角栄内閣になって日中国交回復が成り、宝山の製鉄所の建設などが進み、日中間の人の交流もさかんになった。

ある日の午後、キクが百合子のところに飛び込んできて、「表にどなたかいらしています。な

高遠家があった世田谷区赤堤付近の現在の様子。大正の終わり頃～昭和のはじめにかけて、大矢石の石垣や生け垣で塀をしつらえるのが一般的だった。こうした塀をもつ家は現在も残っており、当時の面影を今に伝えている。著者撮影。

にか懐かしそうに庭の樹などを眺めていらっしゃいます」と知らせた。

「見たことがあるような気がしますけど、思い出せません……」

百合子がキクと一緒に玄関先に出て行くと、六十年輩の紳士は微笑を浮かべて手を差し伸べた。

「しばらくでした。陳海棠です」

「アッ、あの陳クン」

やっと百合子とキクは思い出した。

「そうです。陳クンですよ」

「なつかしいですね。僕、この家に三年間住まわせていただきました。あまり変っていないですね」

百合子は神保町の出版社にいる正夫に電話で知らせた。正夫はすぐ帰ると返事し、樽本と連絡がとれればすぐ来るように百合子に頼んだ。

正夫は昭和初年、陳クンと樽本の三人で日本経済の研究と称して京浜工業地帯、朝霞の農村、富山の漁村まで行き、最後に山梨県の瑞浪山に登って別れたことをありありと思い出した。

樽本は来られなかったが、正夫と百合子は陳クンと夜更けまで飲み、話は尽きることなく、はずんだ。陳クンは終電で帰った。

陳クンを囲んで高遠家のパーティ

その週のおわりの日曜日、陳クンを歓迎する高遠家のパーティが開かれた。あつまった人たちは昭和五年の正月を祝い、陳クンを見知っている人たちや昭和生まれの孫たちで、十人余りが座敷のテーブルをかこんだ。あれから四十五年もよみしているので、昔の面影を宿している人もいるが、どこの誰だったかすぐわからない人が多い。

恵があの頃と同じように司会した。

「みんな人相が変わって（笑い）どこのだれだかわからない方がいらっしゃいますから、あたしが指名したら名前、年齢、いま何をしているか簡単な自己紹介をしてください」

一番の年長は明治三十七年生まれの百合子で七十四歳、百合子は軍人恩給がGHQからきられて、一時、軍人酒場でやとわれママなどして苦労していたが、年金が復活したので、いまは老後を楽しみ、高遠家の中心である。

娘の恵は父の幹夫を斬殺した犯人が精神異常者だったことから、東金の浅野病院に行ってカルテを調べているうち、精神異常者は山西省と河北省に集中していて、いかにその地域の戦闘が残酷だったことがわかった。恵は医科大学の六年間のコースを学んだあと、精神科医になった。独身の五十才である。

正夫、樽本、陳クンの三人組はともに六十八、九歳である。

正夫は千葉の気球隊から復員して神保町の小出版社で働いていたが、社長が癌で死んだので受け継ぎ、一人娘をめとり二児の父親になった。営業は用紙不足で苦労したが、左翼本は売れゆきがよかったので成長した。

樽本は企画院をやめてから、一時政府系銀行に天下りしていたが、私立大学の教授になり、いまでは名誉教授をしている。人の名が思い出せず、物忘れがひどいので、恵から、そろそろ私の世話になるといわれて皆が笑った。

節子の遺児四人は高遠家の努力によってりっぱに育てられた。長男の聡は某省部長に出世し、裕は家電会社の技術者、猛は貿易会社を設立して成長中である。

梢は節子が梢を産んだ齢になり、二人の母になっているが、色の白さ、美しさは節子の面影をたっぷり残していた。しかし梢はそういわれても母の記憶がなかった。

キクは六十四才、ふたたび高遠家にまいもどってばあやになり、いまでも土日になると、浅草のレビュウと映画館に通っている。

高遠誠二の娘育子は児童画家。あたしが画家になったのは八王子にカイコを見に行って絵本をつくってからよ、と言ったので、そうそう八王子にカイコを見に行ったわねという話になり、それから皆で高尾山に登ったこと、カルタ会、ジェスチャア遊びなどをしたことなどを懐かしくしゃべりだして笑声が尽きなかった。

お昼は、あの時と同じように明大前で寿司屋をやっているキクの次男の店から大きな寿司桶が届き、そばは近くの蕎麦屋からせいろで運ばれてきた。

陳クンが面白い話をした。自分はこの家から三年間東大に通っていたころ、いちばん楽しかったことはお昼に弁当を食べるときだったと言った。

「ドカベンというのですか、ふかいアルマイトの弁当箱の底にご飯を敷いてその上に海苔を敷いて、さらにその上にご飯をのせて海苔を敷いて、二段式ですよ。それにエビフライとか辛子明太子、梅干し、奈良漬けなどがそえてありました。こんなに心のこもった弁当はありませんよ。僕は中国に行ってからもあれをもう一度食べたいなと夢にまで思っていました」

「それって海苔弁のこと」と育子が聞いた。

「そうです、そうです。海苔弁です。それから三回に一回位、一番上がタマゴとひき肉になっていて、その下が海苔弁」

「あ、二色そぼろね」

キクは枝里子の指示で毎日そんな弁当を四つも五つも作っていたことを思い出した。

その海苔弁を、陳クンが向こうに行ってもずっと食べたいと夢見ていたなんて、皆へエーという顔をした。

「留学生は皆、下宿のオバサンに世話になったと言っています」

「ではそれと同じものをつくって陳さんにもたせてあげて。アルマイトの弁当箱はもうないからプラスチックでいいわね」と百合子は早速キクに命じた。

話はいつまでも尽きなかったが、黄昏れてきたので、陳クンはキクがつくった海苔弁を大事そうにかばんに入れて辞した。皆で玄関まで見送った。

正夫は陳海棠が滞日している、か月の間に、抗日戦争とその後、東北から平津の解放、准海《わいかい》の戦役など国内戦争に関与した話を事細かく取材した。

陳は中共軍のロジェスチックスの総合責任者として革命のすべての段階を知っていた。

「こんなに生々しい実体験の話はない。絶対にベストセラーまちがいなしだ」

正夫は躍り上がって喜んだ。

正夫は陳海棠の話を基にして中共軍の歴史の本を出し、題名は、『わずか十二年で大陸の政権を獲得した中共軍の秘密』とすることにした。

正夫の本の着想

中国近代史の義和団事件を調べて書いた正夫は、中国関係の専門家として毛沢東の政権獲得まで書かないと、中国近代史を書いたことにはならない、と言われていた。

そのことはまさにそうだが、毛沢東まで書くとなると抗日戦というものをどう扱うかということになる。日本人はこれを他人事のようには書けない。抗日戦争は日本人が侵略して中国史にかかわった部分である。したがって日本人自身の歴史である。

正夫は、共産軍を天敵のごとく圧迫してきた蒋介石軍五十万を消滅させ、南方に押し込んだのは日本軍であるから、共産軍は日本軍のおかげで得をしたのは事実であり、毛沢東が田中角栄に我が党は日本のおかげで革命に成功した、と言ったというのは本音であると思った。

もうひとつは、アメリカはビルマにいた国民党の精鋭を飛行機や軍艦で満洲に運び、カービン銃などの武器援助をしたが、それ以上の深入りを避けたのは、ソ連との戦争になっては困ると大統領とマーシャル国務次官補が考えたからである。

マーシャルは国共を調整して連合政府をつくらせようとしたが、話し合いは全くつかなかった。マーシャルは蒋介石一派の腐敗がひどすぎ、アメリカの言うことをあまりにも聞かないのでひどく嫌悪するようになった。

揚子江以南は蒋介石、以北は共産党の支配でよいとまで許容し、そのうち全部共産党でも仕方がないと考えるまでになった。共和党の一部は到底そんなことはできないと反発し、残っていた対華援助資金を供給したが、マーシャルを動かすまでに至らなかった。

以上のような外部要因を差し引いて残ったものは毛沢東の指導が正確だったことである。毛沢東は囲碁をやるかどうかは知らないが、囲碁に例えると、日本は満洲を奪って碁盤の三分の一を黒石で囲った。蒋介石の政府は長江以南以西の地域を白石で囲んだ。中間の華北の地域を日本軍、国民党、共産軍が地所を奪い合った。

もともとこの地域は封建勢力の支配地で蒋介石のバックだった。日本軍は国民党軍を打ち負かして南方に追いやった。しかし占領した地域を日本軍が統治するには兵力がたりないのですぐ移動した。すると共産軍がそこにはいりこんできて、猛烈な抗日宣伝をして民衆を取り込み、その地域を辺区に吸収した。

反動封建地主から土地を返せといわれても毛沢東は返さず、自分の地盤に繰り入れていった。こうして華北の広い領地が辺区になり、日本が降伏した時点で華北はほとんど毛沢東の地盤になった。

日本が降伏すると、翌年すぐ毛沢東は国内戦争を発動した。その目標は東北（満洲）で、最も近い晋察冀魯（山西、チャハル、河北、山東）辺区からなだれ込むように入った。

毛沢東が主力にえらんだのは山東省の精鋭だった。

東北は中国で最も発達した重工業地区であり、鉄道の密度は中国一で通信などの近代化が進んでいた。国民党も中共軍もここをめざしてわれさきに軍隊を送った。

ソ連は関東軍を武装解除し、飛行機、タンク、大砲などの武器を大量に八路軍に渡した。

満洲の巨大軍需工場は日本占領時代に旧東北軍当時の十数倍の規模になっており、これを中共軍が手に入れたため、武器弾薬に不自由しなくなった。武器弾薬の不足になやんだのは国民党のほうで、アメリカのマリアナ群島などに武器があまっていないかを頼んだり、日本軍が埋設したという湖沼などを掘り返したりした。

毛沢東は三年間で蔣介石の国民党軍を打ち負かし、葫蘆島《ころとう》から海路で逃亡させた。

平津は溥作義《ふさくぎ》が起義したので戦争はなかった。

あとは林彪《りんぴょう》の大軍が破竹の勢いで南に向い、准海（徐州）はもちこたえられず、住民が大挙して逃げ出し、国民党の総司令官杜聿明も群衆に混じって逃げ出す始末だった。

いずれにしてもアヘン戦争以来約百年、自らの独立政府をもてなかった弱国の中国がはじめて権力を獲得したことだけで勝負あったということができた。その後四十年の過渡期にどのような失政があろうと外国の侵略はなく政権を維持しつづけることができた。

アジアから他民族の植民地がなくなり、一切の不平等条約もなくなり、アジアの多くの国が独立した。これも第二次大戦の結果である。

日本はアジアの多くの民を殺したが、自国民も三百万が死んだ。

侵略したことの利益をうけるより、国民が戦争を継続するために払った犠牲がはるかに大きかった。

戦争にのっかってもうけた国民がいる一方、多くの罪もない善良な国民がこの犠牲を負った。日本の侵略は中国人を目覚めさせた。共産軍の兵士たちは蔣介石の軍隊との戦争で鍛えられ、さらに日本軍との戦争で鍛えられた。もし自分たちに日本軍と同レベルの装備があれば絶対に負けないと歯を食いしばって戦い、その戦いぶりは敵味方の賞賛のまとになった。この時点で不正義は惨敗した。

日本の国民はあくまでも結果として、中国共産党が政権を取り、インドや東南アジア諸国が独立することに力を貸した、それは多くの犠牲になった国民がなしたことで、軍部が計画したことではない。そう思えば国民は自虐史観などに陥る必要はない。

正夫はこのような視点で本を書こうと筆を起こすことにした。

あとがき

この小説は昭和三年から二十年までの、戦前昭和から戦争の昭和にかけての激動期に、東京世田谷にすむある一家族がどのように過ごしたかを当時の雰囲気が実感できるように、できるだけリアルに描こうとしたものである。

今の若い方々はどうしてあんな戦争が起こったのか、その原因と経緯はなかなか推測が困難だろうと思う。私もまず自分がわかるように力を注いだ。

私は昭和六年生まれで戦前の昭和は実感できない年齢だが、私の両親は明治三十年生まれと四十年生まれで、文字通りその時代を生きた中心世代である。私は親の記憶を振り返りながら、まず昭和三年から二十一年までの朝日新聞の縮刷版を一ページずつ丹念によむことにした。一年間の縮刷版一冊をだいたい一日かけて目を通し、重要な記事をコピーした。また、八幡山の大宅壮一文庫に行って、当時の雑誌論文、記事を収集して、当時の識者がどういう発言をしていたかを調べた。

こうしているとだんだん自分が当時の時代雰囲気に吸い込まれるような感じになった。

小説に登場させた京浜工業地帯や近郊の田舎などの状況は、私が知っている終戦直後の状況とあまり変わっていないとみて、いろいろな状況を自分の経験から類推した。

こういう作業を通して日本が一寸刻みに戦争に傾斜していったさまをいろんな理屈をかかげて概念的に論説するよりも今の若い人たちに理解してもらえるだろうと思う。

新聞をよんでいるうちに、日本のマスコミの欠陥や無責任性、日本の識者たちの足りなさ加減がわかってきた。

朝日の新聞をよんでいると、ある日突然、「日支両軍戦端を開く」「我軍北大営の兵営占領」という大紙面になってその写真が載る。これは満州事変が起こった時の報道である。そのあと二、三日は戦争報道が続き、それが終わると何事もなかったかのようないつもの日常記事にもどる。(これは朝日以外の新聞も同じである)

昭和十二年七月九日の朝日紙面は、「北平郊外で日支両軍衝突、不法射撃にわが軍反撃、二九軍を武装解除」という記事が載って、それが既成事実になり、日中戦争が始まるわけである。あれよあれよという間に戦争のほうが先行し、国民をひっぱっていく。

朝日新聞社は、『リットン報告書』を翻訳して出している。これには調査チームがかなりまともに調べたことが書いてあるが、当時の識者がこれを論評した記事は見たことがない。

ほとんどの日本人は無視した。

当時の国民は時代の傾斜についてどう反応していたか。戦争景気にのろうとした人たちは大いばりだったが、それ以外の人たちはできるだけ自分を守ろうとした。とくに統制経済になることを嫌悪した。

商人は政府が決めた統制価格を嫌がり、一つだけ言われた通りの統制価格品をつくるが、それ以外の商品を何種類もつくって高値で売ってもうけようとした。値上がりしそうな物資はすかさず買っておき、値が上がったら売る。農民は自分の食べるものだけつくり、あとは供出せず、闇値で売る。したがって物資が出回らなくなり、物価はあがる一方だった。

高遠家にインテリ度が高い人物を置いて雑談などで当時の風潮を批判させたのは、当時の識者の論評を反映させようとしたからである。

昭和十四年頃から、日本の開発投資的な大陸政策は行き詰まり、アメリカとの第二次大戦の戦略基地を固める方向に転じた。

この小説の特色は八路軍（中国共産軍）を部分的でも描写したことである。

高遠家に下宿していた中国の留学生が国に帰り、やがて同志と八路軍に加わり、抗日に転じるすじにした。

私が十年前に集めた八路軍関係の資料がここで役に立った。

昭和十一年に起こった西安事件を機に、国共の合作が成り、中共軍がわずか五万名足らずの兵力で国民革命軍第八路軍と新四軍に編成されて抗日戦争に加わった。

それからわずか十二年で中国大陸の政権をとるなどということは世界史的にも稀有のことである。

どうしてそうなったかは、本書を読んでいただければ、その片鱗がつかめると思う。

本書の作成にあたっては日本地域社会研究所の落合英秋社長、また私が所属している知的生産の技術研究会の久恒啓一理事長らスタッフ、会員の方たちの声援を頂いて勇気が出た。

担当者の大泉洋子さんは優れた編集者で実にお世話になった。ここに心から御礼したいと思う。

二〇一九年七月七日

八木哲郎

著者紹介

八木哲郎（やぎ・てつろう）

1931 年中国・天津生まれ。1950 年私立麻布高等学校卒業。1956 年東京外国語大学中国学科卒業。1956 年～ 1970 年 3 月味の素㈱勤務。1970 年 9 月 知的生産の技術研究会を設立。2000 年同会を NPO 法人とする。現在、同会会長。知的生産の技術研究会のセミナー運営、関連書の編集、執筆、講演、研修などを行なう。

主な編著書に、『わたしの知的生産の技術』（シリーズ 3 冊・講談社）、『自分学のための知的生産術』（TBS ブリタニカ）、『大器の条件』（日本能率協会）、『打たれ強い人は挫折を知らない』（II B J）、『ボランティアに生きる』（東洋経済新報社）、『ボランティアが世界を変えた』（法蔵館）、『天津の日本少年』（草思社）、『19 世紀の聖人 ハドソン・テーラーとその時代』（キリスト新聞社）、『新・深・真 知的生産の技術』（共著 / 日本地域社会研究所）など多数。

『19 世紀の聖人 ハドソン・テーラーとその時代』（キリスト新聞社）

『天津の日本少年』（草思社）

※本作品には、当時の日本人社会のなかで一般的に使用されていた表現を使っている箇所がございますが、作品の時代背景、状況を考え、そのまま表記しています。ご理解いただきますようお願い申し上げます。

中国《ちゅうごく》と日本《にほん》に生《い》きた高遠家《たかとおけ》の人《ひと》びと

戦争に翻弄されながらも懸命に生きた家族の物語

2019年9月14日　第1刷発行

著　者　八木哲郎《やぎてつろう》
発行者　落合英秋
発行所　株式会社 日本地域社会研究所
〒167-0043　東京都杉並区上荻1-25-1
TEL（03）5397-1231（代表）
FAX（03）5397-1237
メールアドレス tps@n-chiken.com
ホームページ http://www.n-chiken.com
郵便振替口座 00150-1-41143
印刷所　中央精版印刷株式会社

ISBN978-4-89022-245-2